The Wandering Nora

彷徨的娜拉

刘剑梅 著

生活·讀書·新知 三联书店　生活書店出版有限公司

对于现代女性来说，

拥有丈夫和孩子的家，

是人生最后一个落脚点——灵魂的唯一归宿，

还是斯特林堡和尤金·奥尼尔所想象的令人窒息的“黑暗的壁橱”？

目　录

辑四

附录

后记

序　狂欢过后是彷徨

刘再复

剑梅这部新散文集，命名为《彷徨的娜拉》，显然是与第一部散文集《狂欢的女神》作对应。从狂欢到彷徨，从浪漫基调到现实基调，剑梅的心态变了。十多年的岁月沧桑，剑梅从青年时代进入中年时代，从博士生变成副教授变成女学者，几缕白发悄悄地飘上头顶。这之间，有一个东西静悄悄地消失了，那就是"青春"，所以集子中有几篇乃是青春的挽歌，如"搭上了理想主义的末班车"，"青春是一面镜子"。剑梅的"青春祭"里，没有狂欢，但仍然有生命的激情，只是激情里已浸入许多彷徨与困惑，甚至有些忧伤。

剑梅和我一样，一手写论文，一手写散文；一手用脑子思索，一手用心灵感受。所不同的是，她比我多了两样东西：一是英文教学与英文写作；二是女性主义立场。因为有后者，所以她总是用女性视角观察社会、观察人生，也总是为女性说话、为女性请命。也因为有此视角，所以她看到无论是中国还是全世界，女性并非在不断走向解放，而是不断在走向新的牢笼。而世俗世界对女性的态度也并非在不断“进步”，而是在不断“退步”，甚至是大倒退。于是她不平、不安、不满，常常彷徨。《彷徨的娜拉》集子中的主骨部分全是她对“退步”的叩问：“娜拉回家后怎样?”这是典型的“剑梅问”。当年（五四时期）的社会潮流是妇女解放，是妇女走出男人的羁绊，鲁迅提出的问题是“娜拉走后怎样”。八九十年代后的今天，中国妇女掉过头来，转回家去，重新进入男人的“樊笼”，追逐男人所设置的铜墙铁壁。只要有钱有势可做依傍，管它什么女性独立、女性尊严、女性人格。剑梅常对我说，当下女子眼睛转向“安乐窝”，只要能摆脱“蜗居”而赢得豪宅，也宁愿充当财主奴、雇主奴、官僚奴。“当下的女性缺乏主体性！没有自己了!”剑梅常常愤愤不平地说。后来大概是觉得面对困局，自己也拿不出什么办法，于是，就自嘲，就彷徨。十年前她写作《狂欢的女神》时的“酒神精神”消失了，代之而来的是冷静观看的静穆的“日神精神”。我觉得从做学问而言，这种由“热”而“冷”，倒是“长进”，至少可以眼光深邃一些。然而，有时也让我难以“认同”。例如她最近对贾平凹长篇小说《带灯》的批评，就让我感到诧异。她认为，那个名叫“带灯”的女主人公太崇拜男性了，情愿充当一个省级男性干部的“粉丝”，自己的灵魂完全站立不起来。好像没有男性这座高山，女性的树木就会枯死。再杰出的女子，身上顶多也只有“萤火虫”似的可怜的微光，没有男性的红太阳的照耀，简直没法活。剑梅坦率地说，《带灯》不仅未给她带来光明，而且带给她“绝望”。凡是把男子写得很有力量而女子毫无力量的作品，她都质疑。而我则认为，人类文学中，女子一向只代表“审美维度”，而非“力量维度”，其柔性，其弱态，其对杰出男性的倾慕，是完全正常的。于是我们就争论起来，最后只能“各自表述”。我的提问也许使剑梅的“彷徨”又深了一层。

剑梅一边鼓动“女性解放”，一边则陷入社会义务（教书、著书）与家庭义务的双重压力之中。沉重的担子压得她“顾此失彼”，喘不过气。这种困局恐怕得等到她进入晚年从学校退休之后方能有所了结，也就是说，彷徨还将继续卜去。其实生活本身就是困境，东西方皆如是，古往今来皆如是。“狂欢”只是瞬间，“彷徨”倒是常态。想开了这一点，剑梅应当还会积极地前行。倘若不求抵达真理的彼岸，只重寻找的过程，那么彷徨也是很有诗意的。

二〇一四年九月六日

香港清水湾

自序　渴望飞翔

刘剑梅

我一直都非常着迷“翅膀”的意象，因为翅膀象征着“自由”，有了翅膀不就有了飞翔的能力了吗？不仅可以摆脱世间的种种纷争、烦恼与无奈，而且可以获得新的更加广阔的空间，拥有逍遥自在的人生。高行健的《逍遥如鸟》仿佛就是现代版的庄子的“逍遥游”。一开始，我们就遇到了一个类似鲲鹏大鸟的飞翔形象：

你若是鸟
仅仅是只鸟
迎风即起
率性而飞

眼睁睁俯视

暗中混沌的人世

飞越泥沼

于烦恼之上

听风展翼

这夜行毫无目的

自在而逍遥

马尔克斯在他的短篇小说《巨翅老人》中描写了一个拥有巨大翅膀的老人。让人惊讶的是，这位老人“穿戴得像个乞丐，在剃光的脑袋上仅留有一束灰发，嘴巴里剩下稀稀落落几颗牙齿，他这副老态龙钟浑身湿透的模样使他毫无气派可言。那对兀鹰似的巨大翅膀，十分肮脏，已经脱掉一半羽毛，这时一动不动地搁浅在污水里”。不同于以往的充满青春活力而美丽的天使，这个“天使”的形象是一个老迈的人，“他身上有一种难闻的气味，翅膀的背面满是寄生的藻类和被台风伤害的巨大羽毛，他那可悲的模样同天使的崇高的尊严毫无共同之处。”这位可怜的年迈的天使落入人间后，被人“同母鸡一起圈在铁丝鸡笼里”，被人观赏，被人玩弄，并成为别人的赚钱工具。他的降临仿佛是对人性的测试，可惜大多数人在这位老迈的“天使”面前所暴露的只是贪婪、残忍、无知。他们无法真正懂得老天使，以及他身上的那对翅膀的意义，只是把他当作一个“怪物”，用自己的无知来扭曲天使的意义。小说的结尾处，这位老天使的翅膀上又重新长出了粗大丰满的羽毛，终于飞离了这个不值得留念的充满欲望的人间。马尔克斯用“巨翅老人”的形象来映照出人性复杂和黑暗的一面，翅膀对于执着于金钱和欲望的人们来说是没有任何意义的。

莫言在他的短篇小说《翱翔》中，也赋予了书中被逼婚的年轻女性燕燕飞行的能力，即使没有翅膀，她也能够“扇动着胳膊往前飞行”，虽然飞得不快，但是飞得十分漂亮。“高密东北乡虽然出过无数的稀奇古怪事，女人飞行还是第一次。”为了逃离父母包办的不合理的婚姻，美丽的燕燕在新婚的那一天，当场逃跑，并且突然有了飞行的能力，“只见那燕燕挥舞着双臂，并拢着双腿，像一只美丽的大蝴蝶，袅袅娜娜地飞出了包围圈。”可惜最后在愚昧和残忍的村民的追逐中，她终于被警察无情地用弓箭射落，从树上倒栽下来，并被村民们泼了狗血。莫言描写的女性翱翔的形象虽然很迷人，可是这种飞翔很短暂，在村民眼中一样是“怪物”，很快就被扼杀了。说到底，还是因为燕燕没有真正的翅膀，无法像庄子“逍遥游”中的大鹏鸟展翅翱翔，没有足够的力量飞离那个把女人当作物品看待的男权社会。

有意思的是，当代英国女作家安吉拉·卡特（Angela Carter）在她的小说《马戏团》（*Nights at the Circus*）中也描写了一位长着翅膀的空中女飞人表演者菲芙斯（Fevvers）。就像《巨翅老人》中年迈的天使一样，菲芙斯身上也有一对神奇的翅膀，收起的翅膀附在她的背上，就像一座山，也像一个硕大的瘤子，而飞行的时候，巨大的白色羽翼展开，让她可以优雅而自由地飞在空中。不同于巨翅老人的孱弱的被人调戏的形象，她的翅膀带给她超乎寻常的力量，让她得以远离传统女性的弱者形象，成为女性独立和自由的象征。在小说中，她作为自己小说的叙述者，把握了叙述历史的主动权，讲述自己的历史，讲述自己的身份，主动掌控自己的命运，并且在讲述中颠覆了传统男权社会的许多观念。那对翅膀让她做了自己生命的主体，使她成为女性和弱者的代言人。

读了卡特的小说，我也想起自己的第一本散文集的题目《狂欢的女神》。在那本书里，我介绍了很多充满才气和个性的女艺术家，她们就如同《马戏团》中拥有一对翅膀的菲芙斯，或者说，她们的才气就像那一对迷人的翅膀，让她们得以自由地翱翔，自由地设计自己的人生轨迹。在现实生活中，虽然这些才华横溢的女性似乎过得不如常人想象的幸福，她们到处磕磕碰碰，不被大多数人理解，但是幸运的是，她们拥有“才华”的翅膀，在创作中，她们可以自由地飞离到处都是烦恼的人世，在自己的艺术空间中追逐彩虹，就连现实生活中的疾病与苦恼也变成了她们创作的源泉。

不过，当代现实中的女性未必人人拥有天赋的才能，未必人人拥有菲芙斯的翅膀，大多数的女性都只能面对生活的困境，身为女性的被现实牢牢捆绑的困境。尤其在当今的商品社会中，当代女性还不如革命时期的李双双腰板硬，中国传统的男权社会大有回归的趋势，于是，很多当代女性有的变成了隐忍的太太，有的沦为小三小四，有的沦为妓女。沦为妓女的女性们，已经失去了茶花女的唯美境界，也无法像卡特描写的《马戏团》中的妓女那么强大——白天接客，晚上在温柔互爱的环境中继续追求知识和艺术，她们只是被生活挤压着，不得不沦为商品。“娜拉出走后怎么办”，这个问题鲁迅在上个世纪就提出来了，可是从来都没有解决。娜拉在我们的时代，无论是出走还是回家，都变得更加彷徨，更加迷惘。她们怎样才能找到能够自由飞翔的翅膀呢?

在魔幻的小说世界里，作家在想象世界中可以赋予女性一对翅膀或者是飞翔的能力，但是在现实世界中，彷徨的娜拉们似乎无路可逃。即便如此，我还是认为，只有内心强大，只有拥有女性的主体性——那对无形的翅膀，才能最后找到自由，否则就只能永远做金钱的奴隶，做男人的奴隶，做他者的奴隶。这对翅膀原来就在每个女性的心中，就像自由就在每个人心中，只有自己赋予自己这对翅膀——主体性，才能像大鹏鸟那样展翅飞翔，突破人生的困境。

二〇一四年三月

辑一

娜拉回家后怎样？

今年暑假，我的先生被美国公司外派到北京，于是我带着两个孩子回国探亲。北京已经变化得认不得了，外在的繁华自不必说，内里也变得惊人，仅是当年出走的娜拉，现在却想回归家庭，寻找一种“安乐式”的解放，单这一点就让我惊讶不已。现在，有一部分职业女性，原本是有工作的，可是尝到了“双肩挑”的苦头之后，希望自己的丈夫能够有足够的经济能力，让自己回归家庭，享受平静幸福的家庭生活，而一部分先富裕起来的男人，赚了足够的钱，不仅愿意养自己的太太，甚至还要养“二奶”和“三奶”。

现代女性“双肩挑”的痛苦，我深有体会。以前的女性，只需要照顾好家庭就行了，比如《红楼梦》中的王熙凤这么能干，但也只是管家里的事，可是现在的职业女性，除了打理家庭繁重琐碎的日常生活，还要在职业场上，与男性承受同样的压力，仿佛陷入了新的牢房，像服苦役，所以也想找一条解放之路。当年五四时期的娜拉把丈夫看成斗争对象，追求独立自主的生活，把门一摔，一走了之；现在的娜拉把丈夫当作救星，主动放弃自己的职业，一心一意地依赖丈夫，回家享受清福。仔细想想也真有意思，中国女性经过二十世纪的革命洗礼，从五四时期娜拉式的离家出走，再到革命时期林道静式的“新女性”，再到新中国时期李双双式的“妇女半边天”，双肩挑家庭挑工作，绕了一圈，回归家庭居然成了当代女性梦寐以求的归宿之一。以前的女性走出家庭，是为了寻找自我，寻找更大的幸福；现在的女性走回家庭，是为了摆脱工作的重压，为了享受安乐的生活。但是，她们真的找到了吗？鲁迅在一九二三年曾经做过一个题为《娜拉走后怎样》的著名演讲，认为娜拉出走以后所遇到的问题，易卜生并没有解答，其实娜拉们出走后碰到经济困境，也就是钱的问题，日子过不下去了，“有时却也免不掉堕落或回来”。现在的娜拉，因为丈夫能够提供好的经济条件，而乐意回家，可是我们不妨也学学鲁迅，问问“娜拉回家后怎样”，难道回家就能够解决女性的生存困境吗？

在女性解放的问题上，鲁迅比他的同代人看得更透彻。比如鲁迅的《伤逝》所描述的问题就比胡适的《终身大事》复杂多了，女主角子君逃离父母的家庭时，曾经发出属于自己的声音，“我是我自己的，谁也没有干涉我的权利”，可是不久在跟涓生的爱情生活中，很快就沦落成被涓生看不起的小妇人，失去了自我的声音，成了五四新文化启蒙运动所倡导的自由婚姻的牺牲品。鲁迅很早就看到了娜拉出走之后的困境，不像其他五四启蒙者那么浪漫，只是让娜拉们把门一摔了事，而是真切地关注新女性的实际生存问题。正因为此，他在《娜拉走后怎样》的演讲中主张女子需要争取经济权："第一，在家应该先获得男女平均的分配；第二，在社会应该获得男女相等的势力。"他还说，"要求经济权固然是很平凡的事，然而也许比要求高尚的参政权以及博大的女子解放之类更烦难。"

子君的困境，虽然是五四新女性的困境，但也依然是新一代回归家庭的娜拉们的困境。经过了将近一个世纪，鲁迅所说的女子"需要争取经济权"还没有过时，还仍旧比博大的女子解放事业更加烦难，更加艰巨。职业女性在外打拼，在家照顾孩子，虽然辛苦，可是有一定的社会关系，有一定的经济自主权，也有一定的事业成就感，视野比较开阔。可是当她们回到家后，不再有固定收入，只是靠丈夫养家，在家庭经济权的争夺战中自然腰杆不够硬，说话不够理直气壮，还得看丈夫脸色行事，而且视野可能越变越窄，像子君那样，天天围着小油鸡和叭儿狗打转，只关心一些鸡毛蒜皮的家庭琐事，最后还是被涓生瞧不起。家庭主妇在日常生活中的付出，其实是巨大的，但却是隐形的、看不见的，还没有完全被社会认可。西方女权主义者一再呼吁，要给家庭主妇发"工资"，让男人们看到家庭主妇们天天忙活的也是一项重要的工作，也应该得到最起码的尊重，但是至今我们也没有看到哪个家庭主妇拿固定的“工资”，最多只是像二十世纪五十年代风靡美国的情景喜剧《我爱露茜》中的家庭主妇露茜，每个月丈夫给她一定的“零花钱”（allowance）。再者，回归家庭的娜拉们，除了“相夫教子”之外，如果再也没有其他的追求，只是拼命地美容瘦身，只注意美化自己的外表，而不注意丰富自己的精神生活，那么很可能丢失自我，重新当丈夫的傀儡，被庸庸碌碌的日常家庭生活所淹没。年老色衰之时，没有独立的工作，没有独立的意志，就会像子君那样，被丈夫厌弃，从丈夫心目中的“梦中人”沦落到“多余人”。有许多西方小说和电影都关注家庭主妇的困境这一题材，比如好莱坞电影《超完美娇妻》中的妻子们，曾经是社会上非常成功的女性，后来厌倦了商业社会的压力，选择回归家庭，可是不久就发现丈夫一心想把自己变成像机器人一样听话的“超完美娇妻”。

出走还是回家？——这是现代女性面临的两难困境，无论哪一条道路都不平坦。我认为，当代女性如果选择“回归家庭”，摆脱令人焦虑的职业女性生活，当然是无可非议的，但是如果回归家庭后，只是重新变成了丈夫的“玩偶”或是“超完美娇妻”，天天担心丈夫有没有“二奶”“三奶”，而完全丧失了自我，那么中国二十世纪的女性解放到了今天，真可谓是一场大倒退。

二〇〇九年八月写于北京

可悲一代“茶花女”

这次短暂回京，听到许多“烟花女子”的故事。这些女子多半二十岁左右，读过中学，有点文化，也有姿色。她们或做“按摩”，或做“公关”，或做秘书，或什么也不做，只是自行“交际”和帮别人交际。其中一些因“傍上大款”而把日子过得有滋有味，不仅衣食无忧，而且还过着相当豪华的生活。听到她们的故事之后，我并没有如同一些朋友那样，立即给予道德裁判，只觉得这里无是无非，无善无恶，不过是一种新的生存状态而已。世界虽大，这些女子找不到别的生存位置，只能靠自己的青春妙龄做些谋生，我们无力相助，还能说什么呢？不过，面对这些女子，我不由得想起上个世纪初的“茶花女”，觉得她们像茶花女，又不像茶花女。想来想去，才明白她们是茶花女的变形。当年的茶花女是可爱的，而当下的茶花女却有点可怕。这大约是今天的茶花女丢掉了往日茶花女身上最重要的东西，这就是真性情与真性灵。

说起茶花女，我们当然知道是源于小仲马的名著《茶花女》。这部小说不仅在巴黎轰动一时，也曾经感动了整整一代中国人。一八八九年林纾用文言文翻译此书，书名为《巴黎茶花女遗事》，在翻译时，他就与合作者王寿昌被故事感动得“相对大哭，声彻户外”。译著出版后，《茶花女》风行一时，“不胫走万本”，严复曾诗曰“可怜一卷茶花女，断尽支那荡子肠”。为什么茶花女在十九世纪末的中国影响这么大呢？因为茶花女美丽、善良、聪慧，而且最重要的是她有梦想，有灵魂，追求真挚的爱情，并甘愿为此付出宝贵的生命。在巴黎浮华喧嚣、轻薄如纸的世界里，她没有失去对美好人性的信赖，所以她成了至情至性的象征，感动了许多人，岂止浪荡子。《茶花女》在中国风行，跟中国古典文学中的“痴情”传统也许有关，我们在霍小玉的身上，在杜十娘的身上，在《花月痕》中刘秋痕的身上，不都能看到“茶花女”哀伤凄婉的身影吗？晚清时期流行的狭邪小说，到了后期，已经完全不相信爱情了，大多沦为“嫖客指南”，暴露的多半是妓女们如何奸诈贪婪等，所以《茶花女》的出现，等于是重新宣布“爱情”的存在，重新肯定对“爱情”的向往与追求。

曹禺的《日出》中也塑造了一个中国的“茶花女”形象。女主人公陈白露其实是出走的娜拉，就像鲁迅所说的，娜拉出走后，不是回来，就是堕落，而陈白露就是那个“堕落”的娜拉。她曾经是个“新女性”，离开丈夫后，沦落风尘，依附有钱人，贪图舒适豪华的生活。不过对于自己的这种卖笑卖肉生涯也感到不安，于是做了一番自我辩护："也许名誉的看法，你跟我有些不同。我没故意伤害过人，我没有把人家吃的饭硬抢到自己的碗里……但我弄来的钱是我牺牲过我最宝贵的东西换来的。我没有费着脑子骗过人，我没有用着方法抢过人，我的生活是别人甘心愿意来维持，因为我牺牲过我自己。我对男人尽过女子最可怜的义务，我享着女人应该享的权利！"她的这段话，也让我们想起张爱玲小说《十八春》里曼桢为做舞女的姐姐辩护的话："我觉得我姊姊没有什么见不得人的地方，她没有错，是这个不合理的社会逼得她这样的。要说不道德，我不知道嫖客跟妓女是谁更不道德。"可以说，无论是小仲马，还是曹禺、张爱玲，都用超越世俗道德的眼光来看"茶花女"，不仅给予她们同情，也通过她们的悲剧来见证和批判"有病"的社会。虽然陈白露一方面迷失于纸醉金迷的物质生活，可是另一方面却仍旧不甘沉沦，仍旧守住自己的精神追求。她虽然愤世嫉俗，不再像"茶花女"玛格丽特那样相信并且追求纯洁的爱情，不过她仍然企图保卫灵魂的贞洁，还对"日出"和光明的未来有着向往，希望能够走出阴森的地狱。正因为她还有灵魂，还有良心，所以没有办法做纯粹的"肉人"，但社会实在太黑暗了，只好走向绝望，选择自杀。曹禺其实是通过陈白露的形象，来探讨在现代物欲泛滥的社会中，人们如何能够获得灵魂自救的问题。

二十一世纪的"茶花女"们，已经没有不安与"不甘"，再也不会像玛格丽特那样为了爱情而甘愿牺牲生命，再也没有陈白露似的痛苦矛盾的挣扎，没有灵魂，没有理想，有的只是对嫁给大款的向往，做的只是“富婆梦”。这个时代的“茶花女”，比较接近晚清狭邪小说中的妓女形象，眼里看重的是钱而不是情，想到的是大款越大越好，只知“好”不知“了”。最令人感到奇怪的是，这个时代的“茶花女”的卖身生涯，还被许多人羡慕，因为她的生活方式成了脱贫致富的一条捷径。而不愿选择这种生活方式的人，如邓玉娇，只是想通过劳动来保持住自己的清白，则不得不动刀动枪了。

写到这里，想到倘若严复还活着，可能就要把“可怜一卷茶花女”改为“可悲一代茶花女”，为当今的“茶花女”感到悲哀，为她们的不自知不自明悲哀，为她们在大款羽翼下的欢乐悲哀，为一种说说笑笑而又浑浑噩噩的命运悲哀。

二〇〇九年九月写于马里兰

时髦女谈白毛女

前一阵子在网络上看到了关于“白毛女是否应该嫁给黄世仁”的讨论，发现现在的一些女大学生竟然认为：“如果黄世仁生活在现代，家庭环境优越，可能是个外表潇洒、很风雅的人。加上有钱，为什么不能嫁给他呢？即便是年纪大一点也不要紧。”读到这样的回应，不禁觉得很好笑，然而也不得不感叹现在真是一个“笑贫不笑娼”的时代，以前所谓的“饿死事小，失节事大”的年代已经一去不复返了。

说起白毛女，也许现在的大学生会说她只是一个传播主流意识形态的工具，因为她的被压迫者身份只是一种政治宣传，只是为了传播“旧社会把人变成鬼，新社会把鬼变成人”的政治话语，而黄世仁也是被意识形态完全“妖魔化”了，变成了一个没有人性的邪恶的旧社会压迫者的象征。不过，这样的分析还是太简单化了。在一篇题为《〈白毛女〉演变的启示》的学术论文中，学者孟悦对《白毛女》从传说到歌剧，又从电影到舞剧的创作和改编过程做了细致的分析，展现了《白毛女》的一个不断被修改、被重写的过程，并认为它不只是一个简单的政治运作，而是一个民间伦理叙事形式和主流意识形态结合的过程，让我们对“解放区”时期的新文化的生产过程和传播方式都有了更深刻的了解。孟悦的观点对我也很有启发，因为它涉及的不仅是《白毛女》的政治运作，也涉及了非政治性的民间意识，以及民间社会的伦理原则和审美原则。比如孟悦谈到《白毛女》的情节其实还是围绕着民间社会长期建构下来的基本道德伦理而展开的：一个普通的本分家庭的日常生活和做人标准被外来的恶势力所侵犯和践踏，而黄世仁所代表的正是这种为富不仁的“恶势力”，在除夕之夜以逼债之名，强抢民女，逼死杨白劳，并后来强奸喜儿——这一系列恶行破坏了和谐的理想的充满着传统伦理亲情的民间社会，而共产党的到来则修复了这一平安吉祥的民间文化。也就是说，虽然《白毛女》的故事中有很多政治宣传，但是其中也包含着一些最基本的伦理道德，比如白毛女对爱情的忠贞、对恶势力的反抗，而“为富不仁”的黄世仁侵犯并践踏了原本和谐的伦理道德秩序，最后遭到惩罚，蒙难的白毛女最终得救也是出于民间的复仇/惩罚的主题。

不过，到了后现代的物质社会，原本美与丑、善与恶的价值观完全被颠倒，黄世仁突然变得很吃香，因为他在影视文化中多半被塑造成一个多金、潇洒、大方的有权势的中年男性，轻而易举地就能把年轻貌美的时髦女们从“蜗居”中解救出来，住上花园洋房，穿得光鲜时尚，享受富贵生活，于是，后现代的时髦女们不仅不恨黄世仁，反而纷纷投怀送抱，即使只是做其“二奶”也心甘情愿，对黄世仁是如何“巧取豪夺”而发财致富的一面则一概不追究。过去的黄世仁是压迫白毛女的恶地主，而现在的黄世仁则是解救时髦女的“救世主”；过去的白毛女对恋人大春一直保持着爱情的忠贞，现在的时髦女则只相信金钱而不相信爱情。这样荒诞的情景不仅是因为大环境的变化——被政治话语统治的时代已经变成了物质主义的时代，而且原先的民间伦理道德秩序已经被后现代的“性解放”等观念瓦解了，压迫者和被压迫者的关系转换成了男人与女人之间的纯粹的性关系，对下层人民的同情转换成了对富人的颂扬和对金钱的膜拜。

在政治话语的强制机制中，白毛女的身体虽然是转载意识形态的工具，但也包含着非政治性的伦理观和道德原则。作为一个被欺凌者被压迫者，白毛女至少还拥有自己的尊严，身体被黄世仁玷污后，还守住对大春的爱情。无论是在旧社会中被变成“鬼”，还是在新社会中被变回“人”，都还有起码的做人的自尊。父亲杨白劳送给白毛女的七尺红头绳就能够让她心满意足，即使被掠在黄世仁的富贵家里，白毛女仍不失反抗的精神。白毛女很像哈代笔下《德伯家的苔丝》中纯洁美丽的少女苔丝，被富有的少爷强奸后，仍旧向往真正的爱情，并不甘心委身给道貌岸然的有钱人，即使身体不再贞洁，可是心还是贞洁的。然而，在拜金主义的社会里，后现代的时髦女不再考虑如何“做人”，而是考虑如何“嫁人”，尤其是嫁给有钱人。为了嫁给多金潇洒的“黄世仁”，时髦女们不惜做“二奶”“三奶”，不惜出卖肉体、出卖灵魂，不仅如此，还美其名曰“可以拿黄世仁的钱做公益事业”。于是，“白毛女嫁给黄世仁”居然演变成了后现代的“灰姑娘”的童话，但这里丢失的是贫贱不移的爱情、是女性的自尊，以及做人最基本的贞洁与廉耻——说到底还是这个虚无主义时代的价值观已经变得完全混乱的问题。时髦女却不曾想，虽然穿得光鲜亮丽，住得富丽堂皇，但是天天被关在黄金屋里，空虚寂寞，而且还丧失做人的尊严以及人生的奋斗精神，这样的所谓豪华的人生又有什么意思呢？

如果拿白毛女和时髦女相比较，时髦女显然更加精明世故、懂得算计，而且更有知识，更会包装自己、销售自己，但是却独独缺少白毛女的三样东西，那就是：第一，有真情；第二，有心灵；第三，有尊严。从时髦女谈白毛女来看这个时代是在进步还是在退步，这个问题应该留给读者来回答，但是就我个人而言，我当然还是更喜欢那个原本质朴的白毛女了。

不过，说到底，白毛女的故事就是一个女性靠别人救赎的故事，过去的白毛女依靠共产党来救赎，现在的时髦女依靠黄世仁来救赎，却不知白毛女或者时髦女何时才能自己救赎自己。

李双双会很生气

最近余华在《纽约时报》有一篇专栏文章，题目是《毛泽东会很生气》，一下子吸引了我的注意。他用幽默调侃的语调讲毛泽东时代非常重视清除封建主义的残余，比如“文革”时的破四旧：旧思想、旧文化、旧风俗、旧习惯。而到了二十一世纪的今天，封建的污泥浊水又统统回流了，最有意思的是，毛泽东时代深恶痛绝的封建迷信如看风水等，居然成了现在政府官员处理民众拆迁问题的一大“法宝”。

毛泽东时代的破四旧太激烈，把传统中一些有价值的文化也破坏了，这是事实，但同时它也去掉了一些封建糟粕，如迷信、男权的大家长制等，这也是事实。我一直认为二十世纪中国革命的最大好处，就是女性解放，女性成了“半边天”，女人获得与男人同等的地位与权利，把“三从四德”“三妻四妾”等垃圾铲除了，这对于受了几千年压迫的中国女性其实是福音。不过，就像余华所说的，这些传统的封建思想现在正在复活，在我看来，最糟糕的是传统的男权主义的回流。在男权横行的当下世界，我们看到了无数已经让人见怪不怪的“二奶”“小三”“四五房”等现象，这些现象美其名曰是追求所谓的“真爱”，其实还不是男性向往的所谓“齐人之福”和“三妻四妾”的变相形式而已？在这种不平等的关系中，最受伤害的其实是已经年老色衰的“糟糠之妻”。

去年在美国跟朋友们讨论是否要“海归”的问题，身为美籍华人的男性朋友个个跃跃欲试，而女性朋友则坚决反对。后来我的先生海归北京后，我也落户香港，得以近距离观察香港和内地的文化，才逐渐明白为什么男性和女性对是否要海归的选择有如此巨大的差异。以我在美国生活二十三年的经验，我可以说女性在美国是幸福的，个人情感得到充分的尊重，这跟美国的“女性优先”传统早已根深蒂固有关，其结果就是家庭生活和感情生活相对稳定得多。而在中国，女性的地位却比建国初期下降了很多。比如现在国内，女性一过三十岁还嫁不出去就被讥讽为“剩女”，而且社会上总是把嫁不出去的理由推到“剩女”身上，仿佛是因为她过于挑剔咎由自取的结果。工作面试时，年龄也成了一个重要的“资格”，年纪大一点就被淘汰；而在美国，女性绝不会因为年龄的问题而烦恼，在工作面试时年龄绝对是一个禁区，一个不可以随便触及的隐私。就说“二奶”和“小三”的问题，在美国的环境里，家庭观念其实还保留了清教徒的传统，比较保守，“通奸罪”是一件“大事”；可是回到国内，发现这不过是一件“小事”，到处都是“家里红旗不倒，外面彩旗飘飘”，怪不得“海归”男士都非常喜欢回到中国，因为那里有的是年轻貌美的女郎愿意投怀送抱，男士在这种环境中是非常“受宠”的。

记得在电影《李双双》中，妇女队长李双双的女性主体性非常强，从政治思想上看，她比丈夫积极，一心为集体为国家，她绝对不怕“夫权”，敢于反抗，敢于争取在家庭中和在社会中的平等权利，敢于发出自己的声音。李双双不愧是社会主义时期女性主义的代表。有封建男权意识的丈夫喜旺和她“斗”，故意跑到城里干活，想杀一杀她的锐气。可是，革命时期的婚姻是有党管着的，喜旺绝对没有胆量去触犯“生活作风问题”来报复她，在影片中李双双的腰板还是很硬的，因为有社会撑腰。可是这个时代过去了。如果李双双生活在今天，她一定会很生气，因为此时绝对是另一番景象了：她的主体性虽强，但无可奈何。一旦争气，只会再次把她的丈夫气跑，跑到哪里？只能跑去包二奶，养私生子。李双双最后大概也只有两条路：一是选择离婚，二是选择隐忍。选择离婚的女子，在当代中国的路也几乎被堵死了，连剩女都嫁不出去，何况妇人李双双乎？估计她也只能像《蜗居》中的大老婆那样选择隐忍，即忍气吞声，眼泪往肚子里咽。

当代商品社会中的广告也常常以“如何留住老公的心”来招揽生意，搞得女性心思混乱，天天总想着怎样才能把自己“整容”成一个老公眼里的“完美女性”，就跟好莱坞电影《复制娇妻》中的完美太太一样，外表虽然很美，可是就像机器人一样，没有自己的思想和心灵，也没有真正的有尊严的生活。总之，在这个封建男权主义回流的时代，连老实巴交的喜旺也变质了，李双双们的日子可真是不好过、不好受啊。

二〇一三年五月于香港清水湾

为“剩女”的青春和尊严请命

二十一世纪出现了许多新词汇，“剩女”应该是非常引人注目的一个。如果查百度百科，对“剩女”的定义是：“教育部2007年8月公布的171个汉语新词之一。指现代都市女性，她们绝大部分拥有高学历、高收入、高智商，长相也无可挑剔，因她们择偶要求比较高，导致在婚姻上得不到理想归宿，而变成‘剩女’的大龄女青年。”有人认为，“剩女”现象是女性自己制造出来的，因为这些女性的女权主义意识过强，所以不能与男性妥协而组成传统式的完美家庭。换言之，“剩女”是一个带有强烈的传统价值判断的词，内含讽刺“嫁不出去”的大龄女青年的贬义，同时也暗讽现代都市女性过于个性化、过于自我与女权主义意识过强的生活方式。

我在国外有许多女性朋友选择了所谓“剩女”的生活方式，而且大多过得非常潇洒。她们聪明能干，有独立的工作，买得起房子车子，之所以成为“剩女”，不是没有爱过，而是因为种种原因错过了步入婚姻的机会，到了年纪大一些的时候，不愿意勉强结婚，宁可选择独立自在的单身生活。她们的这种选择，在多元的现代都市生活方式中只是其中的一种，她们的自尊与独立不仅不会遭受任何非议，反而会受到同事和朋友们的尊重和认可。相反，我在国内的“剩女”朋友们，则不得不承受很大的心理压力，好像“嫁不出去”全是她们自己的错误，是因为她们的自我过于膨胀，不能委屈求全地过传统式的婚姻生活，而到如今年老色衰还单身一人，在世人眼中成了“多余人”和“剩余人”，被社会视为异类。

衡量“剩女”的标准之一，就是青春，就是女性的年纪。倘若还是妙龄青年，就还有嫁出去的可能性，就还不至于沦落为“剩女”。选择新型的独立生活的女性，有职业有房子，但是没有婚姻，而逝去的青春，则成了传统社会价值体系命名她们为“剩女”的标准。这不由得使我想起二十世纪五十年代著名剧作家田汉曾经写过的一篇题为《为演员的青春请命》的文章，他为女演员短暂的演艺生命而抱不平，呼吁领导对演员要有更细致亲切的关怀，不要把她们宝贵的光阴消费在开会上。借用田汉这篇文章的题目，我也想为剩女的青春和尊严请命。在国内，女性只要一过三十，如果还没有结婚对象，就有可能被称为“剩女”，就要忍受周遭异样的眼光。这种衡量女性的标准，不是用“三十而立”，而是用“三十而嫁”；不是用学识和成就来衡量女性，而是用婚姻来衡量女性。为什么这些拥有自我意识和独立人格的女性不能得到最起码的尊重而被视为“多余人”呢？为什么女性就一定得青春貌美才能受到社会的肯定和爱护，或者总得像灰姑娘一样耐心地等待着白马王子的出现才能得到救赎呢？

曹雪芹在《红楼梦》中勾勒了一个“青春共和国”，几乎赋予了女子一种宗教的神圣地位，把“女儿”放在阿弥陀佛和元始天尊之上，可谓是“女性主义”的先驱者。不过，他只把青春少女看得如此尊贵与神圣，对上了年纪的女性就没有给予同样尊贵的地位，因为在他眼里，那些上了年纪的女性已经成了浊泥一般的男性价值观的传声筒。中国古代文学传统对上了年纪的中年妇女的描写，不是限于对“贤妻良母”的歌咏，就是限于对类似《金瓶梅》中荡妇的塑造，而中国现当代文学对“剩女”这类充满个性的现代都市女性的正面描写也才刚刚开始。倒是西方文学传统对“剩女现象”一直都有充分的尊重和理解，比如在维多利亚时代就有许多“剩女”，像著名的女作家简·奥斯丁在小说中写了这么多的男欢女爱，可是自己却一生未嫁。她在未完成的小说《华生一家》中，通过两姐妹的对话，表示出对“剩女”的肯定：“我宁愿在一所学校当老师（我再也想不出更糟的事情了），也不想嫁给一个我不喜欢的人。”在当时，家庭女教师或学校的老师是对女性开放的职位，选择这些职位的女性是靠自己的能力而不是靠婚姻而生存的，但最后往往错过了婚姻的机会而沦为“剩女”。十九世纪英国女作家伊丽莎白·盖斯凯尔（Elizabeth Gaskell）在她的小说《克兰福特纪事》（*Cranford*）中写了一个维多利亚时代的英格兰小镇，镇里的主要人物是一群上了年纪的“剩女”，或“老小姐”，所以这个小镇几乎可以被称为“剩女国”。在这个平静的百年小镇里，她们的生活非常简单纯朴，虽然没有琼瑶式的大起大落的浪漫史，可是有点点滴滴充满人性的温馨，有相濡以沫的感人的友谊，有欢欣纯净的日常生活，有最基本的伦理道德秩序，有属于自己的空间和尊严。当现代性的象征——铁路即将侵入这个古老的小镇时，她们一起抗拒着铁路的来临，共同保护着这片平凡可爱的世外桃源，镇上的其他居民不仅宽容地接受这些“剩女”，而且非常尊敬爱护她们。小说中的这些“剩女”们的年纪都非常大，不但不是镇里的“边缘人”或者“多余人”，反而是镇里的主流，她们都很有自己的尊严和独立人格，也都受到社会的尊重。

可惜在国内，“剩女”还是一个带有贬义的词汇。这些“剩女”被社会遗弃，被推向边缘，是社会把她们变成了“多余人”的，也可以说，“剩女”就是中国当代女性中的“多余人”。说起“多余人”，我们都知道这是十九世纪末俄罗斯文学中出现的一组特殊的形象群体，如普希金的小说《叶甫盖尼·奥涅金》中的奥涅金、莱蒙托夫《当代英雄》中的毕巧林、屠格涅夫《罗亭》中的罗亭等。这些“多余人”是在俄国专制社会中最早觉醒的一些先进的贵族青年，他们不满沙皇统治，不愿意与腐败的贵族阶层同流合污，拒绝遵守社会的常规，于是被社会所拒绝与排斥，最终在社会上苦闷彷徨，成了多余的人。在俄罗斯文学中，“多余人”的形象有着深刻的精神内涵——虽然是社会把这些先进的贵族推向“多余人”，但是更重要的是他们自己主动地选择了“多余人”的位置。他们的这种选择，并不只是当时社会现实的反映，而是个体有意识而能动地去思考与探寻人的心灵与灵魂的一种方式。就像《红楼梦》中的贾宝玉实际上也是一个“多余人”，是与传统价值观念格格不入的充满宗教悲悯情怀的“槛外人”。在我的眼里，“剩女”就像这些俄罗斯文学中的“多余人”，与主流的世俗的价值观格格不入，但很有个性，很有自己的思想，是值得敬重的。她们重视的是如何做一个不卑不亢的依靠自己能力生存的人，而不是成天琢磨如何能够嫁给一个有钱有势的男人，也就是说，她们把重心放在自己的独立价值上，而不是仰仗男人的恩赐与救赎。如果真正的爱情来临，她们也一样会爱得天翻地覆，但是当真正的爱情没有来临时，她们也不自怨自艾，因为她们有养活自己的手艺，有自己安身立命的房间，有不随波逐流的意志，有自由自在的生活。在男人的价值世界里，她们硬是勇敢地在隙缝中开辟了一个充满女性气味的感性世界，并不为俗世的观念所动摇。

“剩女”这个新词汇，从表面上看仿佛是由年龄所命名的，但从深层上看，还是由社会的传统价值观念所规定的。为此，我不仅要为剩女的青春请命，而且要为她们的智慧、勇气、尊严和独立的人格请命。

二〇一〇年写于美国马里兰

现代“灰姑娘”的困境

爱情是文学永恒的主题，在此母题中，最流行的模式莫过于“灰姑娘”的神话故事。到了物质主义称霸的二十一世纪，这一神话故事中的灰姑娘仍旧是灰姑娘，只不过白马王子已经变成了“富二代”。在大量的韩剧和大陆及港台流行偶像剧中，我们可以发现，除了历史情境或日常生活的场景有些变化（例如从二角恋变成了三角恋、多角恋），但无论怎样演变，大多都离不开“灰姑娘”出嫁富第豪门这一基本模式。“灰姑娘”的故事很美，普通人皆向往之也可以理解，然而一旦成为人生模式，只能引导现代女性去认同“做得好不如嫁得好”的变态观念，把自己的命运和前途全都押在“富第豪门”里，而女性的主体性则随之消亡，“灰姑娘”就变成女性主体“灰烬”了。

许多十九世纪的西方小说好像也都离不开灰姑娘神话的主题。比如简·奥斯丁的《傲慢与偏见》，实际上也是这一模式的延伸，但是女主人公伊丽莎白·贝纳特是个思想独立的女性，她非常自信，也很会思考，内心世界是丰富的，并不是因为达西很富有而爱上他，而是在承认了自己的偏见，真正认识到达西的可爱之处才爱上了他。在简·奥斯丁生活的时代，女性还没有事业，如果想完全独立，唯一的出路就是做有钱人家里的家庭教师，但仍被人瞧不起，所以大部分女性只有通过婚姻才能获得较高的社会地位，尽管如此，女作家简·奥斯丁依然在狭小的空间里肯定着女性的主体性。

一九〇一年，澳洲的女作家麦尔斯·富兰克林（Miles Franklin）写了一部自传体小说《我的璀璨事业》（*My Brilliant Career*）。这部小说于一九七九年被著名的女性导演吉莉安·阿姆斯特朗（Gillian Armstrong）搬上了银幕，成了一部女性主义的电影经典作品。有时候，我真是不能不感慨西方的女性主义传统要比中国的深厚得多，早在二十世纪初就有这样的解构“灰姑娘神话”的作品出现。故事里的女主人公西布拉（Syballa）是一个比较叛逆的年轻女性，从小就热爱艺术和文学，对自己的事业有着美好的憧憬，希望通过自己的才能来认识世界和表现世界。她的家境并不富裕，经营农场的父亲负债累累，后来母亲把她送到外婆家，试图给她提供一些上层社会妇女所需的礼仪教育，想把“假小子”的她改造得更为女性化一些，这样才有可能嫁给社会地位显赫一些的人家，也可让她日后的生活一帆风顺。可是，西布拉一如既往，仍像一匹野马在大自然里奔驰，不愿受任何约束，让她的家人非常失望。没想到，“白马王子”突然出现了，富家子弟哈利（Harry）竟然爱上了她，而她也情不自禁地爱上了这位风度翩翩的多情男子。然而，让崇拜韩剧和港台偶像剧的观众大跌眼镜的是，西布拉居然拒绝了这位富家公子的求婚，理由是她不想“在找到自己之前，迷失在别人的生活里”，她还想实现自己的文学理想，独自开辟一番事业。为了这一文学理想，她付出了代价，不得不在艰难孤寂的环境中做一个女教师，替父亲还债。即使两年后哈利又来求婚，她还是坚持自己的事业追求，放弃了进入富门高第的机会，继续做文学梦。这部作品提出了一个问题：是婚嫁重要，还是事业重要？是物质重要，还是心灵重要？女主人公西布拉虽然也曾沉浸于爱情中，却更爱心灵的事业。她自己的母亲曾为爱情出嫁，但婚后却陷入生育和抚养孩子以及帮助丈夫管理农场的繁重而单调的日常劳作中，从一个美丽的少女变成了典型的黄脸婆；她的姑姑也曾为爱情而出嫁富门，但不幸的是丈夫后来却爱上了别的女人，她只好含着羞耻返回娘家，过着让人看不起的生活，并把人生失败的理由归咎于自身。从家中长辈女性的人生经验中，布拉西清醒地看到了婚姻生活中并不浪漫的一面，深怕出嫁富门后会沦为丈夫的附属品，也深怕过早地被琐碎的家庭生活淹没而没有自己，于是，为了保护自己的文学才能，她居然宁肯选择物质贫乏的生活，继续走自己的心灵之路。

像《我的璀璨事业》这样女性主义意识如此强烈的电影，在西方很受肯定，我们在美国女作家路易莎·奥尔科特（Louisa May Alcott）于一八六八年发表的小说《小妇人》中所塑造的自立自强的女作家乔（Jo）身上也能看到西布拉的影子。可是类似这样的主题如果放到后现代中国的语境里，可能只能被嘲讽。“这哪是什么灰姑娘，简直是疯姑娘，傻姑娘，蠢姑娘，梦幻姑娘。”不入豪门富贵门，偏守寒门孤独门，这就变成了当下常被嘲讽的“剩女”：活该她们去过穷兮兮冷兮兮的“剩女”的生活——这样的女子，在世俗的眼里，属于病姑娘。可是我却要为疯姑娘病姑娘叫好，为西布拉喝彩，为她内心的自我守护唱赞歌。其实，二十世纪三十年代的“新女性”以及后来的革命文学中的女性形象里也不乏这样的角色，只不过，林道静式的新女性放弃安逸的生活而选择伟大的理想，走入社会后，却仍旧被政治意识所左右而失去女性的主体性情，不像西布拉这样，把自己的创造力看得如此神圣，在文学创作中寻找到真正的自我。

婚嫁和事业，并非注定是“你死我活”，绝对对立。但也确实常常产生冲突与困境，尤其是对于女性而言。在此困境中，孰先孰后，孰重孰轻？聪明的灰姑娘能否找到一个平衡点？倘若能，那自然是“很幸福”的了；倘若不能，那我主张，还是要“掊物质而张灵明”（鲁迅语），高举心灵的旗帜，守住独自支撑的那点微弱的灵光。

二〇一〇年十月于马里兰

新世纪的豪华女奴们

二〇〇九年年底，在国内炒得火热的电视剧《蜗居》传到了海外，我看过之后也深有感触。这部电视剧真是反映了全球化场景中的中国大都市生活，极其生动地勾勒出大都市生活的原生态：房奴、贪官、二奶、小三、钉子户等等都是新时代的新产品，是二十一世纪的特别现象。

因为电视剧的成功，“蜗居”成了一个新名词。女作家六六的这个书名确实起得好，“蜗居”是指让人窒息的狭小的居住空间，在这个空间里，无论都市如何繁华、如何昌盛，一般的平民老百姓都像蜗牛一样压抑地生活着，想改变自己的居住空间就不得不沦为“房奴”。《蜗居》讲的是两个感情要好的姐妹从外地来到了大都市寻找安身立命的居住空间的故事。其实问题不那么简单：她们也许为自己的身体找到了更大的居住空间，可是异化了，变形了。对我来说，这部电视剧最有意思的就是描写了女性与空间的相互关系，并从此再现了当代女性新的价值观或新的爱情观。

《蜗居》中的姐姐海萍和姐夫苏淳，在大学毕业后留在大都市打拼。他们向往有一套属于自己的房子，但是天天省吃俭用，连一块钱都要节省，还是离这个梦想非常遥远。“每天一睁开眼，就有一串数字蹦出脑海：房贷六千，吃穿用两千五，冉冉上幼儿园一千五，人情往来六百，交通费五百八，物业管理三四百，手机电话费两百五，还有煤气水电费两百。从我苏醒的第一个呼吸起，我每天要至少进账四百，这就是我活在这个城市的成本”——海萍就这样沦为“房奴”，天天被这些金钱数字无情地捆绑着，她的这种痛苦和无奈也是当下老百姓具体生活的见证。逐渐地，海萍在金钱的巨大压力下，觉得自己活得很窝囊，并把自己心中的闷气转嫁给了丈夫苏淳，还居然得出了一套新的爱情观。在跟妹妹海藻的对话中，她说：“我告诉你，爱情，爱情那都是男人骗女人的把戏。什么‘把我的心交给你，你会永远拥有我’，那都是一穷二白的穷光蛋的障眼术。他那是什么都没有了，就说点甜言蜜语。男人若真爱一个女人，别净玩儿虚的，你爱这个女人，第一个要给的，既不是你的心，也不是你的身体，一是拍上一摞票子，让女人不必担心未来；二是奉上一幢房子，至少让女人在拥有不了男人的时候，心失落了，身体还有着落。”这种爱情观是当下典型的爱情观和人生观——“钱”才是情本体、人生本体和世界本体。的确，《蜗居》中的女性大多都持有这种价值观或爱情观，视钱如命，把钱看作最后的实在：海萍从头至尾都很看重钱，数钞票时满眼放光，钱就是太阳、月亮、星斗；海藻沦为“二奶”，即使沦为“三奶”“四奶”也无所谓；而宋太太选择隐忍的“大太太”的孤独生活，也是为了钱。千百年来人类所追求的爱“情”突然变成了爱“钱”。

海萍的这一爱情观后来对她妹妹海藻的影响很大，妹妹最后选择“二奶”的生活与姐姐的这段“教育”不无关联。海藻最开始是个非常纯情的女孩，作为名牌大学毕业生，她有深爱自己的男友小贝，有依靠自己能力找到的工作，但是，在目睹了姐姐沦为“房奴”的压抑的婚姻生活后，她不由自主地被有权有势而且体贴潇洒的宋思明所吸引，经过一番挣扎之后，终于选择过上了不劳而获、像寄生虫一样的“职业二奶”的生活，不仅甘愿当“性奴”，而且甘愿成为他的生育工具。海藻最初还非常清高，拥有自己的尊严，在察觉了宋思明对她的好感之后，坚决退还了借他的两万块钱和他赠送的手机。可是后来，为了解决姐姐买房子的困难，她一步步走向能够呼风唤雨的宋思明，一点点失去原本纯真独立的自我，最后深陷“二奶”豪华的公寓中，难以自拔。海藻选择的“二奶”身份，美其名曰有“爱情”为基础，宋思明和她似乎都是真心相爱的，但是正如她母亲所揭露的，“如果宋是个穷光蛋，如果不在这个位置上，海藻还会爱他吗?”说到底，她的“情”还是围着“钱”的轴心转。

《蜗居》热播后，很多“八〇后”年轻观众非常喜欢潇洒多金的宋思明和纯真多情的海藻，不仅不痛恨“二奶”，反而羡慕“二奶”那豪华潇洒的不愁钱的生活。表面上看，《蜗居》中新的女性价值观和爱情观似乎突破了传统道德伦理的界限，“社会开放了，容忍度高了”，女性在性生活方面似乎得到了很多自由(海藻一度可以周旋于两个男性之间，享受两种不同的爱)，然而实质上，在拜金主义覆盖一切的情况下，虽然大都市变得一天比一天更华丽，虽然市场经济发展得一天比一天更繁荣，虽然女性打扮得一天比一天更时尚，女性的地位却一天天向“女奴”倒退，重新沦为男性的奴隶和金钱的奴隶，完全迷失了自我。更可悲的是，沦为了“房奴”“性奴”仍不自知，仍没有任何自省的能力。海藻最后不思自我奋斗，完全把自己的未来寄托在宋思明身上，不再在乎自己的尊严和人格，这等于是另外一种形式的奴隶，是拥有豪华外壳的“女奴”。而宋思明的太太即使知道丈夫有了“二奶”，还是采取了隐忍的态度。察觉了丈夫的私情后，她居然能够接受丈夫的一番官场中“逢场作戏”的辩白。宋思明倘若没有被查处，他仍然可以享受着“一妻一妾”这样的中国传统男性所拥有的生活。他似乎对自己的妻妾都有情有义，然而实质上是典型的对女性占有欲极强的男权主义的象征。他爱海藻，跟他误会海藻是处女并把自己的第一次交给他有关；他自己可以同时拥有妻子和海藻，却不允许海藻继续维系与男友小贝的爱情；正如他的妻子所说的，女人在他的手里都是被安排好的棋子，仅仅是棋子而已。就这样的一个贪官形象还让现在的年轻女性读者如此倾心，得到那么多的追捧，这之中最重要的原因就是把钱视为价值本体。没想到自“五四”以来提倡的女性解放经历了一个世纪，从娜拉离家出走，逃离华丽却令人窒息的“女奴”生活，到妇女参加革命，后来获得与男性平等的地位，而如今像海藻这样的后现代女性又重新自愿充当豪华的“女奴”，自愿被囚禁在富丽堂皇的居室里，即使做男性的“玩偶”也不在乎，这种变化真是颇有反讽意味。

《蜗居》确实提出了一些让我们深思的全球背景下的复杂的社会问题，还有女性的生存处境等问题。从剧中，我们可以看到整个社会的大环境对中国女性都缺乏基本的尊重，比如宋思明居然可以把“二奶”公然带到同学聚会，而且如果不带还变成“有问题”；海萍单位的领导明显地歧视三十岁以上的职业女性，对需要照顾孩子和家庭的女性没有任何同情心；上了年纪的女性，在社会上成了被欺负和被边缘化的对象。不过除了归类到社会问题，女性自身也应该有反省的能力。为什么女性不能重新找回自己的尊严和人格？为什么一定要把希望寄托在男人身上？为什么女性不能自己救赎自己，而总是要等着男人来救赎？为什么女性把这么多的精力放在对物质的追求上，而不在精神上多多丰富自己？身体的蜗居状态可以通过金钱来改变，可是精神上的蜗居状态要靠什么才能改变呢？

《蜗居》后半段把海萍塑造成一个逐渐在大都市中找回自我的女性，她不仅在丈夫落难时没有抛弃他，而且通过自己的辛勤工作找到了自己的位置，不再总是把拮据的生活归罪于她的丈夫；不仅身体逃离了“蜗居”，而且心灵也逃离了“蜗居”。这似乎是作者六六给当代女性所指引的一条“反异化”的归路。而海藻最后仍然还要靠马克救赎，逃到国外。然而，逃离了这座让她迷失的大都市，是否她就能摆脱豪华的“女奴”状态，是否就能靠自己的力量找回女性独立的精神家园呢？

二〇一〇年一月写于马里兰

青春是一面镜子

赵薇最近导演的电影《致青春》一下子票房过亿，赢得了商业上的巨大成功，也唤起了观众们对青春的怀旧情绪。而我，却升起了几缕淡淡的青春的乡愁。

影片表现的大学生的活动背景似乎是二十世纪九十年代，也就是八十年代的理想之光刚刚熄灭，而红尘滚滚的商品化大潮刚刚来临的时代。虽然还没有手提电脑和手机，可是已经有了贫富差别和物质荣华的刺激，而精神上的追求已经逐渐淡出历史舞台。

作为八九年毕业的大学生，我从电影中看到了依稀熟悉的女生宿舍和脏乱不堪的男生宿舍，不过八十年代的大学生大部分都陶醉在“文化热”里，康德、黑格尔、叔本华、萨特、加缪的名字不时地挂在嘴边，朦胧诗人和校园诗人隔三差五就开诗歌朗诵会，崔健带有叛逆声音的摇滚乐常常回荡在课室的窗外。那时的青春内涵不仅充满了浪漫气息，而且充满了对民族国家前途的憧憬以及忧患意识。同学们的背景虽然各异，可是贫富悬殊还没有那么大，精神生活的需求远远大于物质生活的需求。

“青春话语”一直是小说和电影喜欢表现的一个母题。正如台湾学者梅家玲所说，二十世纪的青春想象与民族国家论述联系得非常紧密。晚清以降的知识分子总是期盼建设一个“新”的中国，“欲新一国之民，不可不先新一国之小说”（梁启超语），而这“新中国”的愿望全都寄托在“青年”的身上。“从梁启超倡论《少年中国说》，到陈独秀《敬告青年》、李大钊抒论《青春》，以及巴金在《家》中屡屡自许自豪地宣称‘我是青年!’莫不凸显出：作为‘民族幼苗’、‘国家未来主人翁’的青少年，是如何因为内蕴着‘青春’与‘新生’的期盼，被赋予了空前重要性；而‘青少年成长’与‘国家成长’，又是如何在小说的文学想象中互为表里，成为彼此象征的一体两面。”（梅家玲语）

李大钊曾经说过：“盖青春者，国家之魂。”的确，青春承载着国家民族的命运，虽然非常沉重，但是蕴含在其中的浪漫情怀却很宏大、很广阔，也很美。这个时代的青年，因有大的理想，有大的抱负，所以也有一种天生的自豪感。在杨沫的《青春之歌》中，我们看到青年的个体抉择与国家命运息息相关，为了理想，不惜抛头颅、洒热血；在王蒙的《青春万岁》里，我们看到的是新中国成立后的青春朝气和意气风发的豪情壮志；虽然电影《青春祭》不直接抒写家国话语，但也可以看到大政治背景下知青那一代人的青春流动；在表现八十年代大学生的电影《颐和园》中，青春想象与家国话语依旧纠缠在一起。

可惜这个时代不长，到了九十年代，青春就逐渐脱离了家国话语，回到个人的私人空间。青春只是个人的爱情、个人的职业追求、个人的有无房有无车等非常实际的世俗交易。大学生们不再关心政治，不再关心国家命运，也不关心人文精神建设，而更关心个人的生存出路，这是青春话语的巨大转变。

赵薇的电影《致青春》表现的正是青春话语转变中的故事。一方面青春激情话语还残存着，那个女主角郑微依然拥有朝气，她敢爱敢恨，纯情可爱，绝不为了攀附“豪门”而牺牲爱情，这是电影中的“亮点”，但仅仅是亮点而已，而亮点之外还是一片雾霭，那是另一番青春话语：大学生早孕、城乡差异、贫富悬殊、富二代、就业难等个人的“实际问题”，青春的翅膀变得很沉重，无法自由翱翔。电影中的男主角陈孝正负载着新一代的青春话语，他出身贫穷，选择面对“实际”，为了改变生活困境而不惜牺牲爱情。他变得很世俗、很精明，其人生规划是一座不能失之分毫的精确的建筑，可惜这座建筑纯粹是实用主义大厦，大厦中没有爱情，没有理想，没有青春的单纯、热情和无私。他有城府，有计谋，但没有真实的心灵。为了得到出国名额，他甚至不惜抛弃真正爱他的郑微，直到出国深造并获得了事业上的成功后，才明白为了这个世俗意义上的“结果”，他付出的爱情代价是永远无法弥补的，任何金钱功名都无济于事，那真是一去不复返的青春。

赵薇的电影所反映的大学生时代，虽然没有那么多理想主义的光芒，但还坚守了最后的一个堡垒——不夹杂任何功利算计的纯洁的爱情。因为这一点，这部电影中的青春仍然未死未灭，它依旧是一面镜子，这面镜子可以让人反观当青春已经逝去，每个人的心中是否还能保存一些净土。当大学生们跨入社会，在生存的困境中搏斗，多年以后，他们也可以照照镜子，自己是否已被社会污染得面目全非，或是还可以依然骄傲地面对自己曾经拥有的纯洁的青春?

人总是要衰老的，青春也只有一回。然而关于青春的记忆却会让我们想到以往美好的一切。人的美貌难以长驻，但青春却可以在心中长存，可怕的是心的衰老和沉沦，遗忘人生最有价值的是什么。

二〇一三年于香港科技大学

女性的《革命之路》

乍听起来，《革命之路》这部电影似乎与“革命”有关，其实恰恰相反，它跟我们所熟悉的“抛头颅、洒热血”的革命故事正好背道而驰，而是一部反省美国典型的郊区中产阶级日常生活的电影，就像张爱玲《自己的文章》中所说的，一个是“飞扬”的人生，一个是“安稳”的人生，《革命之路》讲的正是这所谓“安稳”的人生。

可以说相当一部分美国人过着像《革命之路》中所描述的郊区中产阶级的生活：安静，平和，单调，日复一日，平淡无奇。美国电影和小说中有许多讽刺和批判这类令人窒息的中产阶级生活的作品，比如《谁害怕弗吉尼亚·伍尔夫?》《冰风暴》《美国丽人》《兔子，快跑》等。在郊区拥有一座漂亮的小房子、一两辆高级轿车和清新的绿草地的确是“美国梦”的一部分，人们只要通过自己的辛勤劳动就能够实现这一份梦想。平时，人们每日上班时努力工作，下班后除草种花，做饭洗车，接送孩子，勤勉治家，自得其乐。可是，这幅阳光明媚的美好画面表面上虽然迷人，却遮掩不住年复一年、日复一日地生活在其中的中产阶级古板无味和精神空虚的一面。

曾经拍过《美国丽人》的导演山姆·门德斯看来对这类题材情有独钟，这一次请来因主演《泰坦尼克号》而成名的电影明星凯特·温丝莱特与莱昂纳多·迪卡普里奥来演绎一对生活在美国郊区的中产阶级夫妇。这部电影是基于理查德·耶茨的同名小说改编的，小说写于一九六一年，获得美国文学评论界很高的评价，并于一九六二年与《第二十二条军规》同时被国家图书奖所提名。在一次采访中，理查德·耶茨谈到这部小说是针对五十年代的美国生活而写的，当时正值“二战”后，政府和媒体都极力宣传一种理想化的中产阶级的郊区生活，以求国家的稳定与安全。可是，也有许多美国人质疑这种追求，认为这背离了美国建国时所拥有的最珍贵和最勇敢的革命精神传统。小说中的女主人公四月身上就蕴含着这种“革命精神”，可是最终还是在她所居住的“革命路”上被无聊单调的日常生活所扼杀了。小说之所以题为“革命之路”，实际上是对完全丧失了革命精神的中产阶级价值观和所谓“美国梦”的反讽。

我很喜欢《革命之路》这部电影，尤其喜欢凯特·温丝莱特所塑造的四月，这个女性形象让我重新思考女性与生存空间的问题。四月和她的丈夫弗兰克相爱不久后就结婚生子，然后搬进了康州“革命路”上的一个温馨可爱的中产阶级社区。弗兰克在纽约城里的一家公司上班，而四月做家庭主妇之余还继续追求演艺之梦。然而，两人不久就无法忍受这种周而复始的单调生活，感到人生的空虚。四月的演艺之梦很快就幻灭了，弗兰克则仍旧每天赶到城里去上班，面无表情地机械地随着上班大潮起伏，坐在办公室里两眼发直、无所事事，只是麻木地挣份工资，打发日子。夫妻关系也因为生活的单调而变得紧张，以至于弗兰克在城里与公司的同事发生了婚外恋。四月不想永远被拘禁在革命路上的这座美丽的小屋里，也不想被这种无聊单调的生活所吞没，于是她劝说弗兰克卖掉房子，一家人移居巴黎，她打算在巴黎的政府部门做秘书养家，而让弗兰克有时间来思考自己这一生到底想追求什么。弗兰克一开始非常欣赏与支持四月的这一主张，巴黎成了把他们从这种无聊生活中解脱出来的梦幻般的城市，两人为了这一新的憧憬而重新迸发青春活力，恢复到热恋状态，而他们的邻居、好友以及同事既嘲讽他们的“不切实际”的计划，可同时又极其嫉妒和羡慕他们敢于改变死气沉沉的郊区中产阶级生活的“革命精神”与勇气。具有讽刺意味的是，影片中唯一支持四月和弗兰克移居巴黎的居然是一位精神病患者。这位精神病患者是一位数学家，但他的数学天才已经被精神病院中残酷的电疗摧残掉了。这位“众人皆醉我独醒”的狂人居然是四月最积极的支持者，因为他尖锐地指出中产阶级郊区生活令人窒息的真相。

可是，弗兰克因为一次偶然事件而被上级赏识，马上就要得到提升了，四月也发现自己又怀孕了。这样一来，弗兰克改变了去巴黎的想法，开始认同邻居和同事说他们不切实际的指责，反过来批评四月想堕胎的念头，甚至认为她也是个“疯子”。影片中唯一敢于面对真相的似乎只有四月和那位患精神病的数学家，而他们在众人眼里却是“狂人”和“疯子”。四月得不到丈夫的支持，感到极其苦闷，即使与一直仰慕她的邻居的丈夫做爱也无法消解内心深深的寂寞与绝望，最后她趁丈夫上班的时候，自己实行堕胎，不幸大量流血，导致死亡。影片的结尾，革命路上又搬进了一对年轻夫妇，这种平凡无聊的郊区生活仍旧周而复始地进行，而弗兰克搬到了城里，在自己认为是“正常”的生活中，其实“心”已经死亡了。

为了改变自己的生存空间，为了让自己不被浑浑噩噩和平庸的生活所埋没，四月不惜一切，甚至不惜用自己的生命冒险。她非常美丽，举止文雅，有独特的魅力，也很有自己独立的想法。从一开始，她就不认同这种平凡的郊区中产阶级生活，想感受真正“活着”的状态。巴黎只是她的一个借口，是她想逃离这种如同监禁一般的人生的借口。她不算是一个好妻子，并不顺从丈夫的意志，也不能算是一个好母亲。影片中当她的女儿不停地提问时，她甚至失去了耐心，对女儿大声呵斥；而最后为了保持自己的自主性，不惜自己冒险做人工堕胎。然而，她却是一位敢于面对真理的女性，一个对生活还存有梦想的女性，一个勇敢地努力改变现实的女性。正像理查德·耶茨所说的，四月就代表着那种不复存在的美国革命精神，那种敢于幻想、敢于拼搏、敢于改变现状的大无畏的革命精神，那种不能被安稳平凡的日常生活所磨灭的理想和激情。

像四月这种试图逃离拘禁自己的生存空间的女性，总是在反抗社会规定的“妻子”和“母亲”的角色，努力地保持自己的个性，保持属于自己的空间。这类女性角色常常有些歇斯底里，在众人眼里是“不正常”的疯子，然而，正是这样的一个“疯子”，才敢于面对众人都刻意回避的真相。经过六十年代美国的“性解放”运动后，四月这类女性的“革命之路”似乎平坦了许多，有独立思想的女性开始得到社会的尊重。比如，七十年代有一个很有名的电影《超完美娇妻》（The Stepford Wives），是对所谓“贤妻良母”和完美的“家庭主妇”的讽刺，到了二〇〇四年被重新改编和拍摄，由妮可·基德曼主演。

《超完美娇妻》是一部带有科幻色彩的喜剧加恐怖剧，讲的是位于康州的富裕的上层中产阶级的社区生活。妮可·基德曼饰演的女主角乔安娜本来是一个成功的电视节目制作人，后来因为被电视台解雇，和丈夫孩子搬到了康州这一美丽的“乌托邦”似的小区。入住后，乔安娜发现这里虽然完美，可是给人一种非常不真实的感觉。小区中所有的妻子都打扮得光鲜美丽，身材苗条，对丈夫异常温顺，对孩子也很有耐心，把家里布置得井然有序，一尘不染，每个人都是男人心目中“最完美的妻子”。可是，这些妻子一律都没有自己的个性，也没有自己的思想，就连所谓的读书会也只是阅读有关家庭事务的书籍。乔安娜在社区里新交往的富有个性的朋友，只有一位男同性恋和一位女作家。可是，不久这两个朋友也变得跟小区中的那些妻子一样，只会“相夫教子”，说起话来就像留声机里放的唱片一样，都是完美妻子的一套。原来，小区里的妻子们全部都被重新改造、重新生产过了，她们变得像机器人一样，由丈夫手里的遥控器来控制，绝对服从于丈夫的意志，连做爱时都会充分满足丈夫的愿望，大声叫道：“你是我的国王！”乔安娜的丈夫自从入住小区后，就加入了隐秘的男人活动中心，对这一完美娇妻的形象也心向往之，不过他在决定复制乔安娜的关键时刻，还是发现自己更爱真实的乔安娜，所以没有把她变成机器人，而是与她一起揭露了这个小区的阴谋。《超完美娇妻》在美国文化中影响深远，甚至近几年有媒体用这个词来形容美国前总统夫人劳拉·布什，讽刺她只是一味顺从丈夫，没有自己的独立思想。也有媒体用这个词来讽刺汤姆·克鲁斯的新婚妻子，顺从地屈服于丈夫所信仰的科学教以及各种各样对她的约束。

《超完美娇妻》这部电影最早出品于二十世纪七十年代，当时还是冷战时期，所以影片中也暗含着对社会主义国家的讽刺，不过，影片的主要内容还是反抗男权社会对女性的压抑和控制的。关于男女性别不平等的思考，七十年代的版本比二〇〇四年的要尖锐得多。七十年代的《超完美娇妻》中的乔安娜最后也被丈夫变成了复制机器人，影片中那双没有灵魂、目光呆滞的眼睛显得非常恐怖，让人无法忘怀；而二〇〇四年的版本中，丈夫则成了唯一一个没有接受完美复制娇妻的丈夫，可见二〇〇四版的影片认为两性之间也可以达到相互合作与和谐，没有七十年代那么“革命”与激进。两个版本中对妻子们曾经的职业安排也很不同，由于七十年代的女性刚刚走上社会的工作岗位，所以妻子们在变成完美的全职家庭妇女之前只是从事平凡的工作，不像二〇〇四年的版本中的妻子都是社会上的成功人士，而且都是“工作狂”，所以二〇〇四年版反而有一些反省妇女解放后带来的一些负面因素，比如成功女性把工作放在首要而家庭放在次要，忽视了对丈夫和孩子的照顾，在工作的巨大压力下失去了生活中的乐趣，等等。可以说，女性的“革命之路”到了我们这个时代，已经没有四月那个时代的艰辛，因为女性的独立性和自主性得到了广泛的理解和尊重，可是“革命”之后带来的复杂面也值得我们进一步深思。

张爱玲在上海孤岛的写作时代，是一个“飞扬”的时代，是家国存亡的时代，是小我要为大我牺牲的时代，所以那时候的她呼吁文学家要重视书写“安稳”的人生，而不能只是重视“飞扬”的人生，也就是说，不能只是写充满革命激情和理想的革命文学，还要写都市生活中的世故人情和平凡的日常生活。张爱玲的这种文学观在中国现代文学语境中有其特殊的意义，不过，在美国处处是“安稳”生活的语境中，理查德·耶茨反过来呼吁人们不要被平凡的生活所淹没，不要忘记美国从建国时期就流传下来的“革命精神”传统，这也一样是很有意义的。直到今日，女性的“革命之路”依然还很漫长，因为在大多数男性的眼里，“超完美娇妻”仍然是他们的梦中妻子，而四月只不过是一个不正常的“疯子”。

伤心的五月

今年的五月在我的记忆中，将永远是一个令我伤心的五月，我挚爱的奶奶叶锦芳去世了。

从华盛顿跨洋过海到香港参加奶奶的葬礼，一路哭过去，越想奶奶越心疼。听妹妹说，奶奶临终最后的一刻，眼睛不肯闭上，我知道，她想看我最后一眼，想看我妹妹我爸爸我叔叔最后一眼，她至死都放不下对我们的挚爱与牵挂。很小的时候，那还是在闽西山区我妈妈教书的连城，奶奶天天很早就起来做饭，我在火灶边陪着奶奶，有时练琴，有时读书，天天跟她一起感受火光，拥抱黎明。从小我的生命就跟奶奶的生命息息相连、息息相通、息息相应，我在学校跌倒了，她会感到眼皮颤动；我在县里的舞台上表演弹琴，她比我更紧张；我起早准备考试，她会比我更早一个小时就起来忙活；每次我拿到优秀的成绩，她总是比我还激动。奶奶的大爱使我相信，生命可以相互感应。奶奶的山高海深之情浸入我的心灵，浸入我的血液，浸入我情感的最深处。在奶奶生命的最后瞬间，我不能在奶奶身边，不能让奶奶看看最后一眼，不能最后再拥抱奶奶一下，不能最后再跟她说“我爱你”，这将是我永远的伤痛，永远的遗憾。从得知奶奶去世的消息后的二十天来，我的眼泪洒向天空，洒向大海，但现在，我只想请求天父地母，让我所有的眼泪都流到奶奶的心底。

二〇〇二年，父亲和我合著的《共悟人间》在香港出版，之后又在上海与台北出版，我在扉页上题辞：“谨以此书此情献给至亲至爱的奶奶叶锦芳——父亲和我的第一家园”，我把我的第一本英文著作献给我爸爸，把我的第一部中文著作献给奶奶。奶奶就是父亲和我的第一家园，第一故乡，就是我心灵的第一个存放之所。我是一个非常个人化，也是情感非常重的人，我的出国深造并非为了国家社稷，而是为了我父亲，为了我奶奶，为了所有爱我的亲人。我到过故国的很多地方，但是奶奶在我心目中的分量远远重于任何一座山脉和任何一个城池。

我的奶奶是一位伟大的奶奶。从二十七岁开始守寡，至今整整六十年。她不仅坚贞地守着我祖父的亡灵，而且坚强不屈地养育和护卫她的三个儿子和第三代子孙。她在几乎不可能生存的极其艰难的条件下，用惊人的毅力和精神，承受种种苦难与恐惧，把儿子培养成才，把我父亲造就成一个品学兼优、名传天下的文学家和思想者。她的儿子，我的叔叔，她的孙子孙女，我的弟弟妹妹，个个都有品格有出息。她的坚贞如一的品格令人惊叹，她的刚强意志更是一种生命奇观。她作为一种奇特的生命景观所蕴含的诗意与光辉对我的人生产生重大影响，不管是昨天、今天还是明天，都会像清明的太阳一样照亮我的道路。有奶奶的形象在心里，我就不会被任何艰难所征服。我奶奶是一个值得为她树立丰碑的卓越母亲和祖母。在她生前，我父亲在国内就写了《慈母颂》被广泛流传，出国后又写了《母亲的驳难》《最后一个道德痴人》，前者被台湾立绪出版社所编的散文集《我的父亲母亲》收入，是二十世纪五十篇书写母亲最好的文章之一。我爸爸说，不是他的文章好，而是我奶奶这个母亲的形象本身太奇特，完全是个具有大爱大慈悲的生命存在。的确，奶奶的生命光辉不仅照亮我爸爸的文字，也照亮我的文字和灵魂。

奶奶年轻时美丽端庄而聪颖。我有时想，如果奶奶不是十七岁就不得不出嫁，二十七岁就不得不守寡，之后又不得不抚养三个幼小的儿子，如果奶奶出生在我的时代，受到跟我一样好的教育，命运将会是另外一番面貌。然而，即使她的一生受尽磨难，她留给我的形象，就仿佛是弗吉尼亚·伍尔夫笔下《到灯塔去》中的拉姆齐夫人——“走进房间的那一瞬间就知道出现了奇迹：她的头上笼罩着一轮金色的光环。”在单调重复的日常生活中，她是一个灯塔，照耀着自己的子孙；在逆境中，她以不屈的力量支撑自己的孩子抵达美丽的山峰和河谷；在人欲横流的年代，她导引自己的孩子保持质朴的心灵，守住最后的一片净土。如今她走了，但她的生命又化作近处的鲜花，远处的星辰。我将永远感受到她的美。

伤心的五月过去了。我会记住在五月里给奶奶献上的花环，上面写着献给奶奶的挽联：“情真，情深，情重；质善，质朴，质洁”。只要我存活着，就会记得奶奶的情操和品格，就会记住她那永恒的、和暖的、直透我心胸的微笑。

子玉的衣服

子玉是我的好友，跟她在一起畅谈时，总是忘记其实她是我的“师母”。多年来，我一直叫李欧梵教授“欧梵叔叔”，因为他和我父亲刘再复是挚友也是同辈人，按理说，我也应该管子玉叫阿姨，可是她的样子显得年轻，又充满了赤子之心，我们聊着聊着，总是觉得心灵和性格都很接近，不知不觉就跨越了年龄和辈分的距离。

无论是在美国还是在香港，她都常常跟我通电话，我们的话题很广，但总是离不开女人的问题，尤其是女人创造性的问题。子玉与欧梵叔叔的结合，不仅恋情浓厚，而且相互间得到不同方面的“提升”。欧梵叔叔在子玉的影响下，从学院派的书堆中走了出来，不执于“教授相”与“学者相”，成了一个真正意义上的“都市漫游者”，更自由自在地漫游在都市风景中，感悟着生活的真谛。而子玉因为有了欧梵叔叔，把自己身上潜藏的创造力统统挖掘出来，又是写作又是作画，把平凡单调的生活过得如花似锦，连穿衣烹调都充满了创意，令人目不暇给。我一直都很喜欢子玉的文字，虽然是典型的“小女人散文”，谈的不外乎是自己身边的一切——日常生活中的衣食住行与夫妻俩的情投意合，但却让我们在琐碎的细节中看到真情，看到艺术，也看到一颗天真的心。她的写作没有功名心，没有任何思想负担，纯粹出于对文学的爱好，甚至可以说是一种“自救”的方式，因为得过抑郁症，写作是一种心灵疗治，可以帮助她放下世俗的烦恼，找回生命的本真。

在张爱玲的眼里，“生命是一袭华美的袍，爬满了蚤子”。这是因为张爱玲虽然是个文学天才，可是在现实生活中却跌跌撞撞，用她自己的话来说，“等于一个废物”，还不能完全领悟生活的艺术。即便如此，张爱玲也很重视穿着，有时会翻出祖母辈箱底的凤凰锦被面，设计一套标新立异的复古衣服，惊世骇俗地显示着独特的个性和新颖的思想。在《红楼梦魇》中，她还从衣服的细节中区分黛玉和宝钗不同的精神气质。她注意到“宝钗出场穿水绿色棉袄”，而写到黛玉时则几乎不写衣裙装饰，只有两次例外，一次是“披着大红羽绉面”，还有一次是“外面罩着大红羽缎对襟褂子”，而这两次描写，用张爱玲的话来说，“也是下雪，也是一色大红的外衣，没有镶滚，没有时间性，该不是偶然的。‘世外仙姝寂寞林’应当有一种缥缈的感觉，不一定属于什么时代。”张爱玲还写道，“写黛玉，就连面貌也几乎纯是神情，唯一具体的是‘薄面含嗔’的‘薄面’二字。通身没有一点细节，只是一种姿态，一个声音。”相对于黛玉身上飘逸的灵气，宝钗则比较懂得人情世故，受时代礼教的束缚，就连她的衣裳和神情都很具体，与现实生活联系得比较紧密。

的确，衣服装饰不只是“表象”，它们可以传达出一个人的内心向往和精神向度。在我眼里，子玉的穿着，是徘徊在传统和现代之间的。她既爱古典韵味的中式复古装，也爱明朗活泼的西方现代装。当她身着织锦缎夹袍和“元宝领”的中式仿古衣服时，仿佛是一个从中国花瓶上摇曳而下的古典美人，透着一股温婉娴雅的气息，与我们这个高速度的后现代主义时代格格不入。可是再隔几日，她又会穿上简单性感的现代衣服，笑盈盈地站在你的面前，让你看到她明朗大方的一面。不过，我最喜欢她的复古装，因为她天生就有一种端庄莹静的古典气质。二〇〇五年五月，在哈佛大学欧梵叔叔的退休典礼上，她穿着深紫的三镶五滚的大褂，平静而优雅地把欧梵叔叔从美国的最高学府牵引回她的故乡——香港。在那个隆重的场合里，她仿佛从衣着的视角来展示自己的文化认同，用回归古典的心情来审视华美的人生。

她的《细味人生》出版后，寄了一本到美国马里兰给我，书中夹了一封短信，上面有几句话我非常欣赏，她写道：

很开心在电话里跟你谈天，谢谢你给我鼓励。当然我也希望可以给你精神上的支持。我们俩都属同一类人："传统型的女性主义者"。徘徊在传统与现代之间的女性实在不易做。

正如她自己所说的，她是一位"传统型的女性主义者"，既是一位贤妻，把欧梵叔叔照顾得很好，又有自己的追求，一有空就写作、读书、思考。徘徊在传统与现代之间，她看起来非常潇洒，没有痛苦，只有快乐。无论她着哪个时代的装束，都能透露一种特殊的韵味，也许因为有欧梵叔叔爱情的滋润，在她的琳琅满目的衣服中，我看到的是一种发自内心的喜悦。于是，当她穿梭于传统装与现代装时，总是让我想起刘鹗形容他笔下一位名叫"玙姑"的女子所写的句子："口颊之间若带喜笑，眉眼之间又颇似振矜，真令人又爱又敬。"

子玉的着装是有"情"来烘托的，或者说，情是前景也是背景。她在一篇《衣服的随想》的散文中，写道：

我历来对感情十分执着，遇上我爱的人，他的喜怒哀乐都像多条丝线牵绊在我的心房，我可以以他的感觉为感觉，所以我是多情的。但对于衣服的依恋却是相对的无情，多年以来，我衣橱里的衣服，没有一件可以挂在那里超过三年。

她患抑郁症的那几年，屡次想到自杀，而自杀前总是首先毁掉自己的衣服。可是每次病过境迁之后，重新又去买一批跟以前的款式和颜色都相似的衣服。这一次次毁衣买衣的举动，是对“情”的绝望，也是对“情”的留恋。我想她和欧梵叔叔结合后，每次都是为了“悦己者”而穿着打扮，每件衣服都带有感情，应该不会再“毁衣”了。朱天文的《世纪末的华丽》中的女模特，是一个纯粹的衣服架子，因为她的服饰中没有一点“情”的含量，这正是我们这个时代的感情生活，就像黄碧云的小说《无爱纪》所描写的那样。但是，子玉的衣服，或绚烂或朴素，或古典或现代，件件都是有“情”的。她身着各式各样的时装，情意绵绵地望着欧梵叔叔的样子，为没有颜色的“无爱纪”涂上了一道浪漫的色彩。

二〇〇八年一月写于马里兰

辑二

当代中西文化家庭价值观的变异

此次回到北京，才发现几乎人人都看过《欲望都市》（Sex and the City），很多朋友都以为那就是美国的真实生活，以为美国人都如此开放（在饭桌上和朋友面前随随便便地谈论关于“性”和男女之间的话题，随随便便就上床）以为那就是所谓的女权解放，其实他们并不知道《欲望都市》只反映了美国一小部分在都市生活的中产阶级未婚女性的姿态。这些都市时髦女郎故意公开大胆地谈论“性”，体验“性”，以此来显示女性的“独立”，但是她们的内心更渴望的是一个真正挚爱她们的白马王子和一个可以安身立命的温暖的家。我记得有一集讲到凯瑞去纽约郊区参加好友生孩子之前的庆祝会，看到郊区女性安定的家庭生活，心里感到很孤寂，赶紧落荒而逃。所以，凯瑞代表的是大都市中一小部分职业女性的单身生活——追求时尚，消费性爱，潇洒自由，这与主流的美国女性，尤其是已婚的在小镇和郊区生活的美国女性的家庭价值观念完全是背道而驰的。小镇和郊区的美国女性，相对来说还比较保守，还基本继承了新教伦理精神，没有沉浸在物质和享乐中，而是追求一些精神上的完善，并保持传统的美德，比如热爱家庭、诚实、正直、谦逊、贞洁，等等。

在美国生活了二十几年，感觉美国人虽然很重视个人的尊严和价值，同时也非常重视自己的家庭，可以说家庭观念相当重，家庭气氛也很浓厚，并不是我们想象中那么冰冷，只是一味地追求“性解放”。正因为家庭观念很重，所以每届美国总统竞选期间，也经常打出“重视家庭价值观念”的旗帜以赢得更多的选票。平时朋友聚会时，我的男性美国友人会大大方方地说，在我心目中，我的太太和孩子是最重要的。在美国的郊区生活，也主要是以家庭为单位，夫妻俩忙完工作就一起同心协力地带孩子，活得很踏实很本真。周末，你常常可以看到父亲和母亲带着孩子们去骑车，去远游，去参加孩子的各种活动和比赛，一起享受阳光和家庭的温暖，在付出的同时得到爱的喜悦，我们从美国的许多电影和电视剧里，也常常会看到美国男性周末不是做家务、除草，就是带着孩子去看球赛。这种简简单单的日常生活虽然看不到多少浪漫的色彩，可是却充满了温馨和微笑。

本来，我们中国的儒家传统是最重视家庭的，可是我发现这种传统的家庭价值观念在中国却摇摇欲坠。暑期回到国内，发现周围的朋友，尤其是男性朋友，把发财致富、飞黄腾达放到头等重要的位置上，家庭则放到一边去。我的一对邻居，夫妇俩的事业都非常成功，但是他们很少花时间跟孩子玩，孩子不是保姆的就是爷爷奶奶的，甚至是寄宿学校的。儒家观念中的男尊女卑现象反而处处可见，很少中国男性会骄傲地宣布太太和孩子是自己心目中最重要的，因为如果那样的话会非常“丢脸”，让同伴看不起。丈夫如果晚上出去应酬，妻子不能多加过问，在外面“彩旗飘飘”，妻子也只能默默忍受，就像电视剧《蜗居》中的太太，在家里几乎只是一个“高级保姆”。丈夫很少去关心她和孩子的具体生活，而是忙于在外面找“小三”“包二奶”，过得自由自在。更有甚者，有些男性还带着“小三”去参加同学聚会，大有炫耀之意——这在美国也是不可思议的。在美国这个国度里，如果外遇被揭露，是一件非常丢脸的事情，会感到很负疚，会受到良心的责备，遮着掩着还来不及，怎么还敢带出去招摇过市？

我的一位在马里兰大学妇女研究系的博士生，刚刚写完关于全球化背景下的中国职业女性的困境的博士论文，她经过采访和文学本文分析，最后得出的结论是全球化背景下的中国女权主义实际上是一个大倒退。表面上看，这些职业女性好像是全球商业化的受益者，实际上她们受着中国男权社会和商品社会的双重压迫，不仅在职场上，而且在家庭中，她们所受到的压力比以前更大了。她们不仅要面对既工作又做家务的“双肩挑”，还要面对商品社会中把女性商品化的困境。当传统的家庭价值观念在全球化的冲击下濒临崩溃的时候，当本真而自然的生活已经成了难以拥有的“奢侈品”，女性们又得付出怎样的努力才能打好婚姻家庭“保卫战”呢？又怎样才能让自己的孩子得到父母双方完整的爱呢？这大概是当代中国女性必须面对的一个难题。而中国的当代男性，并没有这种难题。他们从传统文化中不是吸收珍惜家庭的养分，而是吸收所谓“大丈夫”即专制人格的糟粕，愈是发财，其“丈夫之大”愈是膨胀，其人性之贪婪也愈发燃烧，不仅要拥有“二奶”，而且要拥有“三奶”“四奶”，于是，专制的“大丈夫”转而就变成吞食女性的“大色狼”。当下中国，这群色狼正是瓦解家庭价值观的第一杀手。倘若中国有人要编写东方的“欲望都市”，恐怕不可忽略这一窥视和捕猎女性的狼群。倘若有人要写“家庭变迁史”，也绝对不可忽视中国“大丈夫”理念的变迁！

二〇一一年十二月于美国马里兰

美国小镇文化的幽灵正在复活

二十年前刚来到美国时，看到电视广告中处处是性感迷人的壮男美女的身体，以为美国文化大概就是充满享乐主义的“肉人”文化。父亲大概也有同感，在他的著作《人论二十五种》中还专门写了一篇《肉人论》，嘲讽美国的“肉人化”。美国人自己似乎也感到危险，所以近三四十年，就开始缅怀古老的小镇，重新提倡小镇文化。

其实，直到二十世纪初，美国的基本社会组成特征是小镇和它的宗教，也就是新教伦理精神，不追求物质享乐，而是追求精神上的完美。就像富兰克林说的，世上有十三种有用的美德：不喝酒、沉默、有条理、果断、俭省、勤奋、真诚、公正、温和、清洁、安宁、贞节和谦逊，而他所提倡的这些美德的载体就是美国小镇文化。丹尼尔·贝尔在他的著作《资本主义文化矛盾》中论述到，在新工业和消费社会以及现代主义文化的冲击下，到了二十世纪初，美国小镇的新教传统已经不再能够产生巨大的社会影响，那种强调节俭自律的传统价值体系逐渐被开放式的享乐式的代表城市生活的美国文化所取代。然而，即使已经不再是主流文化，即使已经被瓦解得支离破碎，小镇文化还是作为一种传统坐标，还是和美国大都市的商业文化对峙着，无论在日常生活里，还是在一些好莱坞的电影中，我们都还能够领略到它的风采。

在美国的电影和小说中，大都市文化与小镇文化的二元对立是常常出现的主题。认同现代性开放文化的一派，就会在文学作品和电影中讽刺小镇文化中乏味、单调与古板的日常生活，讽刺小镇人们对传统的伦理道德的坚守是一种虚伪的表现，抨击这种文化令人感到窒息的一面，比如《革命之路》《谁害怕弗吉尼亚·伍尔夫?》《冰风暴》《美国丽人》《兔子，快跑》等作品；相反的，怀念小镇文化的一派，则会充分表现其“乌托邦”的美好的一面，每个回到小镇的人，似乎都经历了一场精神洗礼，把物质文化中肤浅的糟粕全都洗涤掉，重新找到了“精神家园”。

我很喜欢的喜剧演员金·凯瑞（Jim Carrey）演过一个电影叫《电影人生》(Majestic)，就属于非常典型的对小镇文化精神怀旧的电影。他演一位给好莱坞电影公司写剧本的作家，名叫Peter，由于大学时代曾经加入过左翼团体，在麦卡锡时代被定论为“共产党”，需要接受隔离审查，于是他的生活一下子跌入了谷底。一个暴风雨的晚上，他酒后开车，不幸出了车祸，车与人都被卷入狂涛之中，他被海浪冲到了一个小镇，并失去了记忆。这是一个充满悲伤的小镇，因为小镇中的许多年轻人都在“二战”中牺牲了。Peter 被小镇上的人误认为是“二战”中失踪的英雄 Luke，于是整个小镇的人们都热烈欢迎英雄的回归，而他似乎给小镇带来了久违的快乐和笑声，并从此开始了一段体验小镇文化的生活。逐渐地，他被小镇中朴实正直的人们所感染，被最朴素的亲情爱情友情所滋润，开始明白这么多年轻的生命所捍卫的恰恰是这种诚实、高贵、自尊、自律、勤俭、友善的精神，而这种精神才真正属于美国精神，才是美国文化的精髓。他恢复记忆后，明白自己并不是 Luke，在官方的追查下，不得不作为 Peter 重新接受审查。这时，好莱坞公司与官方私底下做了一个交易，只要 Peter 随便供出一份共产党人的黑名单，他就可以得到自由。由于受到了小镇文化精神的洗礼，Peter 在法庭上鼓起了勇气，面对事实说话，呼吁美国人要重新找回诚实，重新找回最根本的美国精神。最后，他获得了自由，但是无法再过好莱坞那种表面华丽实际上空虚的生活，最终选择回到小镇，而小镇的人们又像拥抱英雄一样拥抱了他，因为他捍卫了小镇文化，捍卫了做人的最基本原则。这部电影表现的是一个现代人被传统的小镇文化精神重新“启蒙”的过程，他的心灵被小镇文化“洗涤”之后，不再迷失，不再是现代荒原中的空心人，而是找到了永恒的故乡。

最近的一部好莱坞电影《初来乍到》（New in Town），也是对小镇文化的怀旧。主人公是一位事业上非常成功的企业女高管，非常喜欢大都市的文化。一个偶然的机会，她被公司派到一个冰雪覆盖的明尼苏达州小镇去监管公司所属的濒临破产的工厂。在这个小镇中，她的身心也被“改造”了一番。原本心灵冷漠的她，逐渐被小镇人们的温情和善良所打动，并找到了爱情，找到了人生中的幸福和快乐，最后她用自己的管理知识帮助小镇的工厂成功，并选择永远回归小镇。

这些歌颂和怀念小镇文化精神的电影，很像中国现当代的小说和电影中常常出现的城乡对立的题材，比如在苏童的小说《米》里，城市代表着欲望的深渊和人性的堕落，而在沈从文的小说《边城》里，乡村小镇处处弥漫着田园的诗意和邻里的温情。最近看到一个电影《江城夏日》也延续了这一题材，让在城市中堕落成妓女的女孩最后回到了童年记忆中的家乡。然而在很多当代中国的小说家的笔下，这个被美化的乡村的“精神家园”已经回不去了，比如阎连科的《风雅颂》中的主人公杨科在逃离了充满欲望和荒诞的城市后，回到自己的家乡，发现还是一样的荒诞，原本美好的记忆中的家乡早已变得面目全非了。同样，贾平凹的《秦腔》也为乡村文化唱了一首挽歌。相对而言，美国人大概更浪漫些，还是努力地维系着已经面目全非的小镇精神，让在现代大都市生活中迷失自我的人们最后还能找到一个精神的栖息之所，让在现代生活中被异化的人们重新找到人间的温情和正直。

虽然美国的大都市文化富有包容性，能够容纳来自世界各地的不同种族和文化，比较宽容、自由和开放，但是在我的心目中，我还是更加欣赏代表原始的纯正的美国精神的小镇文化，因为在小镇的文化生活中，每个人都不再是一个孤岛，都不会迷失在现代化快速的节奏里。走在小镇干净而安宁的街上，到处有人向你微笑示意；在缓慢而简单的小镇日常生活中，你随时能感受到人性的芬芳。

海归的迷失

中国现在富裕起来了，海归（“海龟”）也变得越来越多。大部分海归都有一定程度的“中国情结”，不乏爱国的赤子之心。有的人留恋的是乡土，有的人留恋的是亲情，有的人留恋的是中国语言和中国文化，但是更多的人是为了在事业上求得更大的发展，毕竟当代中国的经济发展蒸蒸日上，就业机会和赚钱机会比遭受金融危机的西方国家仿佛还要多得多。所以，比起晚清和民国时那些心怀远大的报国理想的海归们，现在的海归们的捞钱意识似乎远远胜过其爱国意识。

如果从十九世纪七十年代晚清派遣留学生算起，中国的留美学人一拨又一拨，无论是回国报效祖国的，还是定居美国的，已经有许多代了，值得史学家专门做留学生历史的研究。最近看了一个纪录片《梁思成林徽因》，觉得拍得很美很有诗意，尤其是把他们那代学人的理想主义的浪漫情怀表现得淋漓尽致。像梁思成和林徽因那样学贯中西的海外学子，毅然选择回到当时中国那么落后的环境中，只是想把自己的学识贡献给国家，希望能够通过自己的力量改变中国落后的局面。看了他们的生平描述，我非常感动，尤其看到那么有才情的林徽因在日本侵略战争中不得不随着丈夫四处逃难，最后染上了肺炎，不再美丽，生命也慢慢走向了尽头，我不知不觉流下了眼泪。当看到梁思成主张保护北京古老城墙的建议不被政府采纳时，我仿佛能够感受到他内心如刀绞似的痛，真是每挖一处城墙就像挖他的心一样。理想和现实的冲突让我们看到这些老一代海归悲剧的一面，但是同时我们又不得不为他们纯净高贵的赤子之心和爱国之心喝彩。

二十世纪四十年代，钱锺书在长篇小说《围城》中塑造了一个“多余人”式的海归——方鸿渐。由于受到西方的文化洗礼，方有坦诚和向往自由的一面，但是回到中国恶劣的人文环境中，他只能感到非常孤独，在亲人中找不到共鸣，在朋友中找不到共鸣，在婚姻爱情中也找不到归宿，成了一个典型的孤独的“多余人”。通过刻画这样一位“海归”形象，钱锺书不仅辛辣地讽刺了当时中国社会的病态，而且把海归们在心灵上的无所归依深刻地展现出来。在方鸿渐身上，我们已经看不到多少老一辈海归的理想主义的光辉，看到更多的是一位即使回到了自己的祖国还仍旧被心灵的“围城”所围困的人。

当今的海归也许赶上了所谓的“中国盛世”，如鱼得水，绝不会像方鸿渐那样成了社会的“多余人”，而是活跃在各个行业里，成了社会主流，成了不同层次的领军人物。但是，由于失去了晚清和民国早期海归们的那种浪漫的理想主义情结，当今的海归们更加务实、更加讲究要适应中国社会，而不是去改变这个社会，也很少人会为这个社会的畸形而感到灵魂的扭曲。在物质主义极大发达的社会里，他们的捞钱意识成了主导力量，于是不自觉地选择随波逐流，赚钱的赚钱，包二奶的包二奶，在道德伦理沦丧的社会里享受着灯红酒绿、享受着海归身份带来的特殊待遇，在社会的大染缸中漂浮沉迷，一点都没有“多余人”方鸿渐所感受的灵魂的挣扎与心灵的孤独。

比较起这几代海归，我还是最怀念早期的英姿风发的梁思成们和林徽因们，即使他们最后还是逃脱不了悲情的命运，他们的心灵却是最为强大的，也是最为美丽的。当今的海归们虽然赶上了“吃香喝辣”的中国盛世，可是他们的心灵却最为孱弱，灵魂也最为迷失。即使腰缠万贯，心灵已经变得荒芜一片。

二〇一一年写于马里兰

没有灯光通明的夜晚

前几天看到日本的海啸地震，看到自然灾害在一瞬间就把那么富裕发达的现代城市破坏得跟废墟一样，把生活富足安定的人们一下子就带到地狱之门，不禁感慨生命之脆弱。然而，天灾固然可怕，人祸——核电站的危害，更是让我感慨人类文明之脆弱，感慨人类深陷现代科学技术所带来的困境。

我十一岁的儿子，天天跟着我看新闻，对核电站的危害开始忧心忡忡。他说希望发明一个时间机器，可以回到从前，把关于核的知识全部抹去，这样地球就是干净的了。我听了就问他，可是你们这一代人，这么依赖电视电脑，好像一天不上网就活不了，每天的日常生活中都需要这么多的电，没有核电站来供应足够的电能行吗？这就是现代文明的困境啊！他听了不语。过了几天，儿子和女儿的学校组织“地球日”活动，号召所有家庭停电一个晚上，于是孩子们那天晚上不让我开灯，我们的邻居也都关了灯，整条街漆黑一片。我点起了蜡烛，在微弱的烛光下，孩子们闪着新奇的眼光，兴奋地讲故事聊天，直到累了才上床休息。

这么短短的一个晚上，倒是让我想起了我的童年。那还是一个没有电视电脑的时代，我和妈妈、奶奶住在闽西的一个山区小城，晚上早早睡觉，清晨黎明即起，日常起居虽然简单但不乏情趣。记忆中我有很多时间读书，也有很多时间观察院里的花草虫鱼，或跟小朋友玩泥土，或在屋外乘凉，或看星星看月亮，听长辈闲聊，在慢的节奏里捕捉生活的灵味。那种接近“原始”的生活状态，现在想起来，心中充满了诗意，虽然没有灯火通明的夜晚，可是有闪闪烁烁的萤火虫的亮光，还有大自然的花草树木与动物的合奏，完完全全是宫崎骏的《大提琴手》中所展示的那种琴声回荡的让人沉浸的逍遥状态，然而这样的夜晚却离我们如此之遥远了。

我也不由得想起庄子的丈人圃畦的故事，庄子质疑机械，认为“有机械者必有机事，有机事者必有机心。机心存于胸中，则纯白不备；纯白不备，则神生不定；神生不定者，道之所不载也”（《天地》）。庄子认为机械会迷乱人的本性，让人脱离天道自然的运作，他之所以反对机械，是希望人能够保持纯朴的天性，过着顺应天道自然的生活。现代科学技术和文明发展虽然是为了提高人们的生活质量，让人生活得更加幸福，更加安逸，可是事实上却离天道自然越来越有距离，让人越来越依赖机器，人不是变得越来越自然化，而是变得越来越机器化了。庄子的这种看法，在本雅明那里也得到了回应，他在《启迪》一书中曾用德国艺术家保罗·克利的画作《天使》来批判现代文明对自然的摧残。这天使“脸朝着过去。在我们认为是一连串承前启后事件的地方，他看到一场巨大的灾难。这灾难不断堆积着残骸，把它们抛在他跟前”。本雅明对“进步”的质疑跟老庄说的返回原始自然的本真状态的思路是一样的，他们的天使都是背对着未来的：“从天堂吹来一阵阵风暴，它猛烈地吹击着天使的翅膀，使他无法把它们收拢。这风暴无可抗拒地把天使刮向他背对的未来，而他面前的残垣断壁却越堆越高，直逼天际。这场风暴就是我们所称的进步。”可惜，老庄和本雅明的“向后看”的姿态，在后工业社会中是不被人理解的，大部分人只看到科学进步带来的方便与安逸，却很少看到进步带来的浩劫，只有当天灾人祸真正来临时，才有少数人会开始聆听这种警示的声音。

可悲的是，我们恐怕永远也回不去那个充满大自然天真天籁的夜晚了。不管怎样，我还是为儿子对“原始”生活的向往而感到欣慰，他虽然在网络时代中长大，却有这种“向后看”的姿态，有对自然本性的憧憬。我知道，他想用时间机器来改变“进步”的步伐只是孩子般的幻想，但是他的希望是简单而美好的，他只是希望，未来不要变成废墟，未来的空气、土壤和水都是干净的，未来的人们可以自由自在地呼吸，可以“乘云气，骑日月，而游乎四海之外”，而不用戴着防毒面具来维持生存。

二〇一一年三月写于马里兰

都市中的隐形人

古人有言：小隐隐于山林，大隐隐于朝市。说起隐士，我们一定会马上想起大自然，想起青山绿水，想起陶渊明的“采菊东篱下，悠然见南山”。这种与大自然融为一体的“桃花源”似的田园生活让住在喧嚣嘈杂的城市里的人常常心向往之，但是，久居城市之后才明白当小隐易，当大隐难。“大隐隐于朝市”是怎样的一种隐逸方式？尤其在后现代社会的国际大都市中，它可能以何种面目出现呢？困惑中看到韩国导演金基德的电影，突然有所悟。金基德原是个画家，后来进入影坛，并以自己独一无二的风格震动世界影坛。他的成功，一是把自己的绘画特长引入电影，使电影语言与绘画语言融合为一，画面简洁，内涵却很丰富；二是他还很有思想，把诗意的思索也带入电影，从而使影片不仅有绘画性，而且有文学性。他在影片《空房间》中，就像庄子似的思索着现代都市的隐形人或者现代隐士。电影中的主人公在大城市中居然没有自己的家，没有任何属于自己的空间。但是都市中所有人的家都是他的家，所有人的空间都是他的空间。白天当人们匆忙地赶去上班后，他就潜入没有人的居室，把别人的家当作自己的家，在里面做饭、洗衣、睡觉，还有时替人修补坏掉的用具，过得颇为自在。后来潜入一位被丈夫虐待的少妇家中，还惩罚了那位面目可憎的丈夫，带着美丽的少妇跟他一起过着闲暇游荡、居无定所的生活。被少妇的丈夫陷害进监狱后，更是练就一套真正的隐形功夫，让常人无法看见他，最后他又重新潜入少妇和她的丈夫家中，与她过起了让人觉得匪夷所思的“隐居的爱情生活”。这种关于都市隐形人的独特构思，并非金基德独创，我们在台湾导演蔡明亮的电影《爱情万岁》中也见到过，蔡明亮是通过这种现代隐形人或“隙缝人”来表达现代都市生活中人被物质异化的一面，表现都市生活中的孤独感以及人与人之间充满疏离隔阂的悲剧，然而在金基德的《空房间》中，我们却看到现代隐形人得到了肯定和歌咏，居然成了现代“英雄”，成了拯救被都市空间完全捆绑和束缚的现代女性的“骑士”。

庄子在谈到隐逸时，指出有两类隐逸：一种是“刻意尚行，离世异俗，高论怨诽，为亢而已矣。此山谷之士，非世之人，枯槁赴渊者之所好也”；另一种是“就薮泽，处闲旷，钓鱼闲处，无为而已矣。此江海之士，避世之人，闲暇者之所好也”。也就是说，一种是非世之隐，一种是避世之隐。金基德的现代隐士似乎二者皆有，他不认同发达的商品社会，没有工作，没有钱财，没有住处，不做金钱的奴隶，也不做物质的奴隶，甚至不做空间的奴隶，通过隐形的方式过着无为潇洒的生活，但是他的隐形同时又是对商品社会的一种抗争方式。他是现代都市的异端和另类，他不想被世俗之人所看见，也不想看到世俗之人，他生存在一个都市的隙缝中，在这个独特的空间里以独特的方式生存，回归自我。金基德的其他电影如《春夏秋冬又一春》，总是有一个远离尘世的宛如孤岛的场景，或是如他的电影《弓》的场景设置，是一条脱离人间的孤船，在这些远离尘嚣车马喧的特殊场景中，他刻意地表现着被现代生活忽视的禅意。《空房间》的场景虽然不是在孤岛或孤船上，而是在繁华的都市里，但是当主人公像本雅明所说的"游手好闲者"，轻松自由地游荡在一个个空屋中时，这些空屋也如远离尘嚣的孤岛，而主人公在这些空屋中闲适地做饭、洗衣和"游手好闲"的每一个简单的动作，都让我们感悟到无尽的禅意。

卡尔维诺在《看不见的城市》一书中，写马可波罗为中国元朝皇帝忽必烈描述他在路途中走访的每一座城市的故事，发现城市差异正在消失，每一座城市都与其他城市相像，没有尽头，也没有出口，人们没有办法从城市逃生，而只能被城市所监禁。他说最后的目的地只能是我们天天生活的地狱城，而出路只有两种：一种是"接受地狱，成为它的一部分，甚至感觉不到它的存在"，也就是被城市所异化；第二种是"在地狱里寻找非地狱的人和物"，并"赋予他们空间"。这第二种"非地狱的人"也许就是现代隐士，反抗被商品社会异化的人。生活在全球化的“通用城市”中，我有时也渴望做一个现代隐形人，渴望有一座不同的城市会出现在城市的缝隙里，在那里，人不会再做商品社会的奴隶，不再做自己房子的奴隶，城市变得洁白透明，人也变得洁白透明。

没有树林可以栖居的男爵

我七岁的儿子非常热爱大自然与动物，也很有绘画的小才能。每天一做完功课就埋头绘画，开始只画恐龙和侏罗纪时代恐龙生长的环境，现在则画各种各样的飞禽走兽和热带雨林。四壁贴满绘画作品，那些充满童趣、色彩斑斓的图片把我们的房子变成了他的梦幻世界。

刚搬来现在住的社区时，开车需要经过一条很长的小路，路的两旁长满茂密的树林，林子里常常有小鹿奔跑，黑鹰展翅。不过这几年，这些树林一片一片被砍掉，路旁在不知不觉中变成了新的居民区和市场。我每天上班下班，接孩子上学放学，都要经过这条小路。坐在车里的儿子，看到被砍伐的树木和正在修建的工程，总是忧心忡忡地问我，为什么要砍树？为什么要这么多的房子？小鹿没有了家怎么活？看到树林和草地逐渐消失，我早已习以为常，并不以为意，可是儿子幼小而单纯的心灵布满困惑，他没有办法理解和接受这一现实，对我漫不经心的回答很不满意。有一段时间他总是反反复复地画同一个主题——树被砍倒的瞬间，枝叶狼藉，有几棵树还在掉泪。看到他执着地反复地绘画这一情景，我真的有所触动，仿佛感受到树的伤痛，大自然的伤痛，和儿子内心的伤痛。

会读英文书后，儿子总是从学校的图书馆借回不同种类的有关动物的书籍，让我跟他一起读。有一次看到书里的图片，许多大象的象牙被人类砍下拿去营利，只剩下一小截儿可怜地向外突着，他非常愤怒，拿着那一页不停地问我为什么人类需要象牙。后来又读到鳄鱼被人残杀，鳄鱼皮被用来做皮包和鞋等等，几乎每种野生动物都正濒临绝迹，而它们的最大天敌都是人类。面对儿子的质问，我总是无言以对，该怎样跟他解释人类的行为呢？康拉德《黑暗的心》写到白人在刚果河流经的密林中掠夺象牙时，描写到“象牙”这个词，“在空中叮当作响，象牙成了砍伐者顶礼膜拜的对象”。其实，他们在对象牙的膜拜背后是对金钱的追逐。当现代殖民者侵入原始森林时，掩藏在文明外衣下面的是贪婪的本性，是掠夺的快乐，是黑暗之心的满足。他们离孩子天真的忧思非常遥远。

儿子非常喜欢的一部动画片是日本导演宫崎骏的《幽灵公主》(Princess Mononoke)，反复看了许多遍，这部动画片所表现的主题正是文明世界与大自然之间的战争。人类为了扩充自己的领地，拼命向大自然进军，而动物为了保护自己的家园，不得不与人类殊死搏斗。影片中最有意思的是对“森林精灵”的超现实主义的描写和想象。“森林精灵”长得像一只鹿，晚上变成一个夜行人，它拥有神奇的力量，能够帮助人和动物起死回生。有了它，万物就充满生机。没有它，生命就面临枯竭。可是，贪婪的人类居然把它的头砍下，以为拥有它的头，就可以长生不老，就可以在与动物的战争中立于不败之地。“森林精灵”丢失了它的头后，除人以外的所有生物都死灭了，人类也丢失了城堡和家园。愤怒的“森林精灵”让人类看到了世界的废墟，看到千万年建造的文明在一瞬间全部坍塌。经过大灾难后，人类才意识到，没有大自然也就没有人类，二者是共生共存的。“森林精灵”作为“神意的昭示”（epiphany），是一种末日的预告，一种绝对“善”的郑重的末日的预告。

卡尔维诺在小说《树上的男爵》中，写了一个选择永远居住在树上的男爵，每天在树上攀援，对地上的尘世的快乐永远保持距离。他所选择的这种存在方式，实际上是一种与现代城市拉开距离的姿态，一种与喧嚣的文明世界拉开距离的姿态，也是一种抵抗现代人的贪婪欲望的姿态。这种姿态非常迷人，而且有深邃的象征意蕴。不过，小说结尾，男爵去世，那茂密的树木也不复存在了。男爵的弟弟不禁询问道：“凝望着空旷的天空，我不禁自问它是否确实存在过。那些密密层层错综复杂的枝叶，枝分叉、叶裂片，越分越细，无穷无尽，而天空只是一些不规则地闪现的碎片。这样的景象存在过，也许只是为了让我哥哥以他那银喉长尾山雀般轻盈的步子从那些枝叶上面走过。”男爵曾经生存过的森林和树木已经被砍伐殆尽，被在地上永远无限扩张的现代人所吞噬，他所选择的生存方式成了昨天的绝唱，而他在繁茂的树林中快乐而轻盈攀登的样子，成了一个永远不可能再现的神话。倘若他还活着，他也只能无奈地回到地上，因为已经没有树林可以栖居——这便是令我儿子感到忧伤的理由。换句话说，儿子似乎意识到，他也将成为没有树木可以攀援的男爵。

真实质朴的人性最可爱

偶然看到著名伊朗导演马吉德·马吉迪导演的电影作品《小鞋子》（原名《天堂的孩子》），非常感慨。这部拍摄于一九九七年的电影如此的简单朴素，却居然得了那么多的国际电影大奖。不仅获得一九九七年蒙特利尔国际电影节的最佳影片和最佳导演奖，还获得一九九九年奥斯卡最佳外语片提名，是伊朗电影史上第一次入围奥斯卡最佳外语片提名的影片。问题不在于这部影片为什么赢得了国际电影奖项，而在于为什么这么一部看似普通的电影却能够超越国家地理界限，打动这么多观众的心，而资金雄厚的当代中国电影却失去了这种力量。面对这部伊朗电影（以及刚刚赢得奥斯卡最佳外语片的《一次别离》）的成功，中国导演们是否可以反省一下，在世界愈来愈浮华的时候，自己的神经是不是也被浮华所牵引，反而对人性中最质朴最真诚的一面失去了感觉?

《小鞋子》的剧情非常简单：伊朗男孩阿里不小心丢掉了妹妹萨拉拿去修补的鞋子，而这双鞋子又是妹妹唯一的一双鞋子，他们不敢告诉父母，因为贫穷的父母已经没有多余的钱再给他们买一双鞋子了，于是兄妹俩轮流穿着阿里破旧的球鞋去上学。为了给妹妹买一双新鞋，阿里跟着父亲到城里去打工，可是因为父亲受伤而花光了打工的钱。当阿里得知市长跑季军可以得到一双新的球鞋时，他央求体育老师让他参加比赛，想得到季军的他却得到了冠军。就这样一双小小的鞋，不仅时时刻刻牵动着兄妹俩的所有心思，也牵动着观众的喜怒哀乐；同样它也展示了富有宗教感的伊朗底层人民勤勤恳恳、诚实朴素的生活。阿里和萨拉兄妹之间的亲情非常感人，他们小小年纪就担负着沉重的家务，还得用功读书，兄妹间相互关怀，为了让哥哥不迟到，妹妹拼了命地在街巷间奔跑，而为了让妹妹能够得到一双新鞋，哥哥在比赛中拼尽自己的气力在奔跑，导演马吉德·马吉迪在奔跑的镜头中传递出温馨感人的兄妹之情，真是扣人心弦。在简单的生活中，我们也可以看到邻里之间无私地相互关怀和帮助，阿里的母亲病了，就有邻里的朋友送来汤，而她的病一好，就又给更加困苦的老人送去汤；萨拉的鞋掉到了河里，不认识的叔叔会好心地帮助；当萨拉发现另一个女孩穿着自己丢失的鞋而跟踪到她家里时，发现那个女孩的父亲是个盲人，她和哥哥就不好意思要回她的旧鞋了。电影的主题是鞋子，可是伊朗宗教聚会时门口一大堆的鞋子，却没有任何人会去偷拿——可见在这个有宗教信仰的国家里，诚实是第一要素。

其实，这部电影最感人的地方是在这个物质生活极其匮乏的环境中，阿里、萨拉、他们的父母和邻里还能够质朴而真实地生活着，即使贫穷，他们还有信仰，还有做人的尊严，还有内在支撑他们生活下去的力量。我们在沈从文和汪曾祺的小说中，也可以看到他们对这种纯朴自然的生活方式的赞颂，比如汪曾祺的小说《鉴赏家》《岁寒三友》都描写了一种纯真的超越了世俗世界中的金钱交易和等级观念的邻里和朋友关系，一种人伦关系的纯粹的“自然美”。在当代中国电影中，我们在《那山那人那狗》里，还能够感受到一个普通人顽强质朴地生活的精神，一种真诚生活的态度。不过，也许是由于在我们生活的当下，物质生活变得极为丰富了，在大多数中国本土电影的表现上我们逐渐看不到对简单、淳朴、真诚的生活方式的赞颂，更多的是对大都市豪华生活的向往，或者对虚构的大场景的追求，其结果常常是生产出大量造作的表面浮华而精神贫乏的电影作品。琳琅满目的服装品牌，钩心斗角的人际关系，纠缠不清的婚外恋，瞎编乱造的历史穿越剧——这些反倒成了影视作品中雷同的表现主题。看了这些电影，不仅感受不到活着的温馨与力量，而且总是增加许多迷惘，人的无所归依感不但没有减轻，反而加深了。

当一双小小的鞋子可以牵动这么多观众的心，我们不得不承认，真正的好电影不在于拥有多少雄厚的资金、动用多少资源、起用多少知名的国际演员，而是它是否拥有真诚的生活态度和对善良人性的基本关怀。我们当代中国电影最缺乏的，大概就是阿里和萨拉那天真洁净的眼睛。

二〇一二年七月二十一日写于北京

缺乏人生艺术化的时代

最近重新阅读林语堂的《生活的艺术》，觉得他仿佛在跟我们这个时代的人对话，因为我们这个时代的人，在赶超大国的情结下，已经完全接受了西方工具理性的洗礼，变成了追求金钱富裕和事业成功的奴隶，其实非常缺乏他所说的艺术化的人生。林语堂在一九三六年移居美国后，曾经说过，“倘若强迫我在移民区指出我的宗教信仰，我可能会不假思索地对当地从未听说过这种字眼的人，说出‘道家’二字”。在《生活的艺术》中，庄子和道家思想被林语堂具体化为“生活的艺术化”，就像钱穆论庄子时所说的“庄子之藏，是把有限的人生，妥善地藏在宇宙中”，林语堂把庄子思想藏在了享乐的悠闲的艺术的人生中，在西方的语境中直接针对西方的机械化和物质化的现代文明生活展开批判与对话。通过介绍庄子，林语堂强调要“发现自己”。他写道：“我是谁？这是第一个问题。这个问题似乎是不能解答的。不过我们都已承认，我们日常忙碌生活中的自我并不是完全真正的自我，在生活的追求中，我们已经丧失了一些东西。”那么，如何能够找回真正的自我呢？

首先，林语堂提倡“悠闲的生活”，也就是慢节奏的顺其自然的快乐而享受生命的艺术生活，以此来对立于机械的讲求效率的现代文明生活。这种慢节奏的悠闲的生活，是尊重人类的“生物性”和“自然性”的，比如他说“我以为从生物学的观点看起来，人生几乎是像一首诗”，只有在这种悠闲的生活中，人们才能得到内心大的自由，不会变成讲求效率的机器人。相对于这种悠闲的诗意的生活，林语堂批评美国文化的三大恶习是“讲求效率，讲求准时，及希望事业成功”，这是典型的“心为行役”的境地，使人在现代工业生活的高速度下失去了自我。他说美国人之所以不懂得悠闲，是因为他们“把工作看得高于生存，比生存来得紧要”——这恰恰等同于庄子所批判的“人为物役”的现象：“今世俗之君子，多危身弃生以殉物，岂不悲哉”；“终身役役而不见其成功，苶然疲役而不知其所归，可不谓大哀乎？”所以，林语堂感慨：“难道他们一定要永远做工作吗？”“有一些时候，我会发生一种先知性的幻觉，幻想一千年之后，纽约曼汉旦市区的住户都变成了行为缓慢者，美国的‘进取者’（Go-getter）都成了东方式的悠闲人。”林语堂的这种悠闲的艺术的生活观，充分体现了庄子哲学中重视生命的理念，对西方高度发达的现代生活中的异化现象提出尖锐的批判，提醒人们不要成为工作的奴隶，不要成为快节奏的现代生活的牺牲品，而是要重新找回真实的自我。后来昆德拉在小说《慢》中其实也表述了同样的思想。

其次，林语堂宣扬对简单与质朴生活的回归，也就是顺其自然的最朴素的生活，以此来对立于现代社会中形形色色的智巧，如观念和主义。他说："我们现在必须承认：生活及思想的简朴性是文明与文化的最崇高最健全的理想，同时也必须承认当一种文明失去它的简朴性，而浸染习俗，熟悉世故的人们不再回到天真纯朴的境地时，文明就会到处充满困扰，日益退化下去。于是人类变成在他自己所产生的观念思想志向和社会制度之下，当着奴隶，担荷这个思想志向和社会制度的重担，而似乎无法摆脱它。"林语堂到了美国，看到现代社会中的异化几乎是无孔不入，现代社会的知识和观念异化着人的自然本性，于是他采用了庄子的"返朴"的自然主义立场，呼吁人们应该停止用观念和智巧等对人的本性进行雕琢和束缚，应该返归朴素的自然。他说："只有那个能轻快地运用他的观念的人，才是他的观念的主宰，只有那个能做他的观念主宰的人，才不被观念所奴役。"

最后，林语堂用"合理尽情"的观念来对抗西方的工具理性化。林语堂发现西方文明非常重视逻辑，而缺乏常识，也就是缺乏"合于人情"的思想。林语堂用"合理的自然主义"（reasonable naturalism）来描述中国文化中的"近情合理"的思想，他还谈道："这种近情合理的态度造成了一种宽恕的哲学，觉得人类的错误和谬行都是可以获得宽恕的，不论是法律上的、道德上的或政治上的，都可以认为是‘一般的人类天性’或‘人之常情’。”相对而言，林语堂认为西方的思维方式非常讲究逻辑，但是缺少中国的“合理的自然主义”，或是“近情”的精神，或是生活中的“常识”。比如林语堂批判西方学院派的专门化和分割知识，认为这种逻辑思维和专门化的过度发展造成了一种扭曲的现象：“一个只有着知识门类而并没有知识本身的人类文化梯阶；只是专门化，但没有完成其整体；只有专门家，而没有人类知识的哲学家。”有意思的是，萨义德在《知识分子论》中也反对西方工具理性和知识的专门化，认为有机的知识分子应该是“业余者”。因为业余者可以冲破专业的束缚，摆脱专业的有限眼界和权力的压迫，回到单纯的喜爱与关怀中，恢复事物的初始性和独特性。在高度资本主义的专业分工和分割下，业余者拥有自由的空间和周转的余地，以避免成为机械的奴隶。在这一点上，林语堂的“近情的思想”和萨义德的“业余者”都看到了西方工具理性对人的异化的扭曲。

虽然林语堂的这些主张——回到慢节奏的艺术的人生，回到原始的质朴的状态，回到常识性的近情的自然主义——是针对西方现代文明的批评，可是我反倒觉得现在的美国郊区的小镇生活中处处皆是林语堂所说的“生活的艺术”，人们只要一下班就扑进大自然，或健身锻炼，或在自己家的前后院做园艺，平时都过着最简朴的生活，没有任何大都市的繁忙与奢华。反而每个暑假我回到北京，才觉得北京的大都市生活里缺少林语堂说的这些艺术化的人生，周围的人们忙忙碌碌，个个都忙着追求成功、追求发财。当然，即使生活在熙熙攘攘的闹市中，我们也一样可以寻求这种“艺术的人生”，一样可以避免成为现代工具理性的奴隶，避免成为概念和公式的奴隶，避免成为物质主义的奴隶。所以，最关键的是，我们无论在什么地方，都要努力发现自我，努力找回那个接近自然本性的自我。

二〇一一年四月写于马里兰

搭上了理想主义的末班车

在课堂上，当我面对马里兰大学的美国大学生和华人学生时，看到他们一边听我演讲，一边在电脑上做笔记，同时还在电脑上做着些别的查询或者通讯时，突然有一种恍若隔世的感觉，不错，我们已经跨入了一个电子数据时代，学生们对电子技术和网络的兴趣远远超过了对文学的兴趣，连上中国文学课都离不开电脑。马里兰大学不仅不限制学生上课时带电脑，反而鼓励教授要跟上时代的潮流，尽量学会用新的电脑技术教学。当然，教学和学习手段是越来越先进了，可是我却强烈地感到，有一些重要的东西正在悄悄地离我们远去，这些东西是什么呢？可能就是本雅明所说的“灵晕”（aura）吧。本雅明说，“在机械复制时代凋萎的东西正是艺术作品的灵晕”。而我在电子数据时代中所体验到的那种“灵晕”的消失则是诗歌的消亡，是书写文字的消亡，是浪漫的理想主义情感的消亡，因为这种消亡，使得我更加的怀念我在北大的青春时期。

我记忆中的北大，是充满诗歌和诗情的。一九八五年考上北大后，我突然感到了一种生命的大解放。因为我从小就不通数学，一到考试时，就感到压力很大。自从考上北大中文系后，我第一次不用学数学，第一次可以专心地学习自己热爱的文学了，内心无比喜悦，好像真的体会到庄子所说的大鹏展翅、可以扶摇直上九万里的那种内心的绝对大自由了。最有意思的是，我所在的八五文学班，是一个人人皆诗人的班级。每次同学聚会，都有诗歌朗诵，都有吉他伴奏，都有轻声吟唱，在朦胧的月光下，在宁静的未名湖旁，我们静静地沉浸在心与心的交流中，体会着诗歌的美感，体会着文字的神秘，体会着彼此年青的心跳。现在回想起这些青春时期的场面，就像鲁迅回忆少年时的闰土一样，是一副神异的图画，连深蓝的天空、金黄的月亮都有着传奇般的迷人的气味，而且这种气味是根本无法复制的。是的，当时我们每一个人都是诗歌的恋人，文学的恋人，思想的恋人，虽然当时我们没有电脑，没有手机，没有网络，可是我们却共同拥有对文学的热爱与激情，我们人人都会写作，个个都有文才，都有浪漫的文人情怀，都能体会到艺术的“本真”，而这种浪漫情怀、这种本真的艺术感觉（或者“灵晕”）在电子数据时代和商业时代早已一去不复返了。

在美国讲授中国现当代文学，总是离不开讲“五四”时期和八十年代。这两个时期还真是有许多相似之处：同样是受到西方启蒙主义的熏陶，同样是如饥似渴地阅读以往无法接触到的书籍，同样有着文化改革的热情，同样高举着个人主义的旗帜，同样拥有理想主义和浪漫主义的情怀。不过，因为处于不同的历史时期，“五四”的先驱们对中国古代传统采取无情批判的态度，而我们这一代人无论是对西方文化还是中国传统文化都是采取全盘吸收的态度。那时全国正处于“文化热”，是一个渴求知识的历史阶段，对所有新的知识都一概全盘吸收，所以古典文化对于我们一样也是新鲜的。记得刚进北大不久，有一次和几个女同学去中文系的男生楼聊天，大家正好在讨论“寻根热”的课题，我们对以文化中心取代政治中心都产生了很大的兴趣，积极地讨论要寻什么样的根，而这种寻根热也多多少少受到了马尔克斯的《百年孤独》等拉美魔幻现实主义作品的影响，所以中西文化热混杂在一起，让我们如痴如醉。类似这样的讨论非常多，我的印象中，好像中文系的同学们基本上都是博览古今中外书籍的全才，讨论起问题来都异常执着。当时我们不仅重读庄子、老子和孔子等的古代经典，而且还通读西方哲学和文论，黑格尔、康德、叔本华、尼采、萨特等的哲学思想是我们争论时常常引用的。不管是否真的读懂，我们的那股学习热情以及对知识的崇拜和渴望是被一种理想主义支撑着的。虽然我们对崇高的革命意识形态已经产生了幻灭，可是还拥有对家国的美好理想，这种宏大的理想与个人的梦想交织在一起，让我们的内心非常充实，好像拥有了整个世界。

北大中文系拥有很多思想颇为先锋的老师，我记得严家炎、孙玉石、钱理群、黄子平、陈平原、温儒敏、乐黛云、曹文轩等诸位老师的课都给了我很大的启发。当然最重要的还是北大中文系的那种鼓励独立思考的自由氛围，好像就是专门为了诗人、作家和批评家而设的，我们不仅常常追着老师讨论问题，而且在宿舍里也总是争论着非常重大的问题，像存在主义等哲学问题，并且交流着自己的文学创作。我们有自己的文学社团，如蓝社、五四文学社等，还有自己的文学刊物，比如《启明星》。八五文学班的诗人如戈麦、西渡、郁文、紫地、西塞的诗歌，还有桑桑的小说以及我的散文和文学评论就常常在《北大校刊》和《启明星》上发表。我还曾经组织过一次全校规模的文学节，请来了许多当时著名的诗人、作家和评论家，跟我们中文系的同学们平等地交流。在文学面前，没有社会地位的差别，没有等级贵贱的差别，只有文学感觉、趣味和才能的差别，还有精神和思想深广度的差别。现在回想起北大的四年读书生涯，很多具体的事情都模糊了，但是那种“绝对文学化”的精神氛围却仍旧印象深刻，而且今生今世都永远不会忘记。虽然我在海外攻读的也是文学专业，教授的也是文学专业，可是再也没有体会过北大的那种纯粹的绝对的文学化氛围了。前几年，回到北大见到了我们八五文学班的班主任张鸣老师，他跟我感慨，说现在的北大中文系也缺少这种“绝对文学化”的氛围了，新的一代学生更重视的是职业技能，是实际的生活本领，而不是对人文主义的关怀和对文学的执着追求了。

看来，我很幸运，因为我赶上理想主义的末班车。在文学逐渐被疯狂消费的商业社会和全球政治所挟持的当下，在到处泛滥着“下半身写作”、美女写作的境况里，我的内心仍然能够保持着平静与纯净的状态，保持着纯文学的状态，没有被外界的喧嚣所侵扰，因为北大时期的那种文学的“灵晕”始终伴随着我、照耀着我，始终回荡在我的心底。

二〇一〇年六月写于马里兰

辑三

集体“遗忘症”的故事

在全球化的语境下，最流行最可怕的疾病，恐怕非“遗忘症”莫属了。在极权时代，当官方意志想要控制大众时，总是利用权力有组织有计划地抹去民间记忆，于是在官修的历史教科书上，事实总是被一次次地改写、重构与抹杀。但是到了商业化时代，记忆则成了一个个华丽的重新包装过的消费景观，虽然不乏“故事新编”，但就像米兰·昆德拉所说的，“改写好像是时代精神，会有一天，过去的全部文化将被完全重写，历史将在它的改写本后面被完全遗忘”。我们所拥有的文化记忆和历史记忆都已经是支离破碎，就连感伤的“怀旧”也变成了被商业和高科技装潢过的关于过去的一道风景。繁华奢靡的商品社会容易让人迷失在感官的刺激中，容易让人在空虚的快感中忘却痛苦，忘却伤痕，也忘却灵魂。

中外小说家所写的遗忘症，给我印象最深的是马尔克斯在

《百年孤独》中写的马孔多小镇的故事。这个小镇最初由一个外乡姑娘失眠开始，不久整个镇子上的人和动物都患上了“失眠症”和“遗忘症”，并很快变成了一种传染病。病人的身体永远不会感到疲倦，而且很快就将现实“忘诸脑后”，“开头会忘掉童年时代的事，然后会忘记东西的名称和用途，最后再也认不得别人，甚至意识不到自己的存在，失去了跟往日的一切联系，陷入一种白痴似的状态”。为了对抗遗忘，镇上的人给每只动物和每样东西都贴上标签，“所有的房屋都画上了各种符号，让人记起各种东西”。小说中的主人公霍·阿·布恩迪亚为了抵制这种传染病，决定创造一种记忆机器。后来在一个印第安人梅尔加德斯的帮助下，镇上的这一传染病终于被制止了。这一“失眠症”和“遗忘症”蕴藏着深刻的寓义，揭示了马尔克斯所担忧的拉丁美洲现代文明的困境，也是马尔克斯对“民族性”或者“国民性”的深刻批判——是否被外来文明“异化”与殖民之后，拉丁美洲国家的人民开始逐渐忘记了自己文化的根和历史？马孔多镇最后变得荒芜，走向沉沦的边缘，不仅归因于外来文明对本土文明的掠夺，而且归因于本地人对自己民族的历史失去了记忆，失去了对自己的民族认同。

重读《百年孤独》，特别是重读小说中这些关于遗忘症的描写，我差一点叫出声来，因为我突然发现我自己和我的同一专业的朋友同事们也发生了一次集体遗忘症，就是忘了自己的角色——文学研究者、文学评论者及文学课教师。大约有二十年时间，不知道什么原因，这一病症在我们的圈子里传染、蔓延，从西方到东方，一个接一个，都发生角色错位，愈来愈远离自己的角色。前不久，我在短文《重新拥抱文学的幸福》中已点破此事，说我们这些文学专业者，个个都着迷地讲着政治话语、文化话语，满口都是“世界版图”“话语霸权”“后殖民主义”等大概念。除此之外，在课堂上、文章中和种种学术讨论会上，也一律都是大概念，无形中，政治话语竟统治了我们的文学领域，我们这些文学人突然变成了女权主义、解构主义、后殖民主义……各种主义的载体，并在美其名曰“跨学科研究”的名义下，去研究自然科学、政治经济学、人类学、传媒学、视觉艺术等等，写书写文章，选题都是如此。不知不觉中，我们全忘了自己的本色，忘记我们原本是研究文学的。于是，读的文学作品越来越少、文章越来越空，有论无史，有道无味。在大风气中发展至今，我自己的角色也发生了混乱，几乎也要在自己的案头墙上贴上“文学研究者”的标签，才会想起当年进入北大中文系课堂的那个原初的角色，那个读《诗经》、读《楚辞》、读唐诗读宋词、读莎士比亚、读托尔斯泰的角色，倘若没有那个标签，我可能整天在福柯、德里达、利欧塔、萨义德等理论圈子中转来转去，东奔西突。我并不是完全否定这些人的价值，但整天沉迷其中，毕竟远离文学了。

读《百年孤独》，从遗忘病中惊醒，返回文学，让自己的角色重新归位，就变成人生的课题了。记住这一点，就意味着必须读一部部小说、一部部诗集、一部部文学研究著作，也意味着我将有一个新的艰苦的跋涉的旅程。这绝对不像商品社会中品牌翻新那样有趣，那样立竿见影地取得市场价值，也不像追逐新的理论思潮那样时髦、那么先锋。这样，等待着我的恐怕只有孤独与寂寥了。

回归文学

在美国教中国文学是一个很有意思的课题。可以说，我们这些还在坚持教文学的人已经是“稀有动物”了，属于“边缘性”的人物。随着文化研究的兴起，影视文化已经打入各个美国大学，开电影课成了时尚。由于教电影课跟学生沟通比较容易，我的同事们也都纷纷放弃教文学，转向教影视文化。在这种情况下，如何教好小说诗歌课成了一个值得研究的课题。我们是否应该坚守“文学”的立场？教文学经典的意义又是什么？

每一年我都会开一门中国现当代文学的课程，面向马里兰大学的本科生。因为这门课是必修课，所以学生很多，但是大多数学生既不会中文，对中国历史也一窍不通。每次教这门课，我都觉得自己在重新讲一遍中国现当代文学史，而每次重新设计和选择文学作品的教材时，都会遇到“经典”与“非经典”的问题。因为在设计教材时，个人的主观性占很大的成分，每个老师都有权力来重新选择自己心目中的“经典”和“非经典”。作为一个中国现当代文学在美国的“传播者”，我必须常常反省自己的主体位置和立场。当然，这也是后殖民主义理论常讲的“身份”和“立场”的问题。正如美国杜克大学一九九三年开始出版的一本学术杂志就题为《位置：东亚文化批评》，认识到研究者的身份认同、主体位置、学术态度等在研究中国文化中的重要性。

因为我是在中国长大的，读完北京大学才去美国，所以中国情结自然非常重。在与一点都不懂中国文化和历史的美国学生沟通时，常常遭遇东西方文化的碰撞，常常在西方价值和中国文化的特殊性之间徘徊。对美国学生来说，理解为什么二十世纪会产生鲁迅这样的作家就非常难，为什么鲁迅这么执着于“中国国民性”的解剖？为什么中国作家的社会责任感这么强，为什么“现实主义”是主流文学？为什么“现代主义”或“超现实主义”很少见？为什么文学的“社会功能”在很长的一段历史时期里被看得比文学的“审美功能”重要？如果不回到中国文学史的语境里，这些问题都难以解答。所以，我认为，在美国教中国文学，首先要注意回归文学文本的语境，防止堕入“东方主义”的陷阱，即把“东方”神秘化和他者化，以满足西方人对中国的想象，而无视中国文学自己的历史生成条件，无视中国人在追求现代性的过程中所作出的努力和挣扎。

但是我所说的回归文学的历史生成语境，又不是简单地把文学当作政治历史的注脚，不是回归历史大事件的“元叙述”，而是注重中国现当代文学史中的“文学传统”以及作家的心路历程。比如，鲁迅和周作人就代表两个不同的文学传统，一个是现代中国的“精神界的战士”，另一个后来转变成现代隐士；一个着眼于文学的社会功能，另一个着眼于文学的美学功能。以他们为中心，就可以梳理出许多作家和作品来。又比如，中国现代文学接受西方文化洗礼后，汉语写作变得比较欧化，有了一个“新文学”传统，但是在这同时还有本土文学传统，像鸳鸯蝴蝶派、张恨水的小说，而后来的金庸的武侠小说就是这一本土文学传统的延续。

当然大历史的背景也是一定要介绍的，因为大部分美国学生并不熟悉历史，但是，我不想把文学课变成历史课，而是侧重在介绍充满个性的文学历史，于是，政治的历史和文学的历史之间可以形成有趣的对话。昆德拉在《被背叛的遗嘱》一书中，谈道：“伟大的作品只能诞生于它们所属的艺术的历史中，同时参与这个历史。只有在历史中，人们才能抓住什么是新的，什么是重复的，什么是发明，什么是模仿。换言之，只有在历史中，一部作品才能作为人们得以甄别并珍重的价值而存在。对于艺术来说，我认为没有什么比堕落在它的历史之外更可怕的了，因为它必定是堕落在再也发现不了美学价值的混沌之中。”其实，昆德拉所谈的艺术的历史，就是文学史，就是文学传统，是与政治的历史不同的历史，它常常以其个性特点来反抗政治的历史。从这一点来看，夏志清先生挖掘出张爱玲，并把张爱玲的文学作品提高到了前所未有的高度，就是一件很了不起的事情。尽管周蕾教授批评夏先生是用西方文学“经典”的审美标准来审视中国现代文学，尽管许多学者都批评夏先生的“反共”立场，夏先生至少在他的《中国现代小说史》中勾勒出了一条艺术的历史，一条重视个性特点的文学的历史，与革命时期用政治标准来评价文学作品的文学史截然不同。当时张爱玲的小说就属于“非经典”，可是夏先生看到其独特的一面。

除了文学的历史，心灵的历史也非常重要，这就涉及作家传记和心灵历程的问题。二十世纪八十年代的美国汉学家比较喜欢给某个作家写传记，比如我在科罗拉多大学读硕士时的导师葛浩文就写过《萧红传》，现在的汉学家则很少再写单个作家的传记了，仿佛这已经过时了。可是，当我在研究西方女艺术家和女作家的作品和生平时，我发现英美作家的传记至今仍然很发达，至今还没有过时，每个经典文学的作家都有好几部传记，就像我们国内学者写鲁迅传也有好几部一样。我认为在教学中对作家的心路历程的介绍是非常重要的，在这一点上，我并不同意罗兰·巴特的“作家已死”的宣言，也不能认同保罗·德曼（Paul De Man）等解构主义者的主张，他们认为文本阐释是中性的，于是全然不顾作者的意图，不理会文学是人学，否定人的主体意识和价值判断。也许因为我从小就受到父亲刘再复的“文学主体性”的影响，我把文学看成是人学，所以我在教学中很强调作家的主体性，以及文学的主体性，比如我很喜欢夏济安先生的《黑暗的闸门》，他在书中谈到左翼作家主体的双重性，而这种双重性投射在他们的文学作品中，这样的研究让我们看到了左翼文学“复杂”和“复调”的一面。再比如王德威老师现在所做的“抒情传统”的研究，也是回归到文学批评的人文层面，再现中国知识分子在动荡的历史时期的心路历程。

其次，除了回归文学文本的历史语境，我认为在教学中还应该回归中国的文学经典。在有限的一个学期里，我主要介绍中国现代文学史中著名的作家，如鲁迅、沈从文、张爱玲等等，虽然我也会介绍一些被以往的文学史埋没的作家，如废名、苏青、张恨水等，但是教书的重点还是放在介绍大家都公认的著名作家上。主要原因是美国学生缺乏基本的中国现代文学常识，如果从“边缘”的“非经典”入手，反而是一种“误导”。当然，在我自己的研究中，我可能会挖掘出更多的“非经典”的作家，质疑以往的中国现当代文学史在规定“经典”与“非经典”作品的权威性。质疑何为经典？经典是如何形成的？谁来制定经典？用什么标准来制定经典？经典后面的权力关系是什么？在不同的历史时期又有什么变化？但是在教学中，我所选择的“经典”至少还是得具备“审美的力量”的。

在《影响的焦虑：一种诗歌理论》（一九七三）一书中，布鲁姆提出了“审美自主性原则”。在布鲁姆看来，审美完全是一种个人行为，与社会关系无关，并认为文学批评作为一门艺术，终归是一种精神现象，“只有审美的力量才能透入经典，而这力量又主要是一种混合力：娴熟的形象语言、原创性、认知能力、知识以及丰富的词汇”。正是从这样一种批评思想出发，布鲁姆认为，只有那些经得住纯粹审美考验的作品才有可能成为经典。在《西方正典》一书中，布鲁姆更是站在传统的保守派立场表达了对当前颇为风行的文化批评和文化研究的极大不满，把女性主义批评、新马克思主义批评、新历史批评、解构主义批评等社会文化批评统统称为“憎恨学派”，因为正是这些人颠覆了经典。布鲁姆极力守住精英主义的象牙之塔，对经典所固有的美学价值和文学价值作了辩护。他认为，阅读经典只是一个心灵自我对话的过程，而“心灵的自我对话本质上不是一种社会现实。西方经典的全部意义在于使人善用自己的孤独，这一孤独的最终形式是一个人和自己死亡的相遇”。

布鲁姆的回归文学经典，虽然偏颇，不过也提醒我们不要把文学当作政治话语，而是应该回归文学本身。从这一点上，他的回归文学经典对我还是有启发的。当我反省自己在美国所接受的学院派的训练时，发现大部分时间用在研读理论，而少部分时间用在读文学作品。即使在进行本文批评时，也是常常用学到的理论，比如女性主义批评、新马克思主义批评、新历史批评、解构主义批评、后殖民主义等等去解析中国现代文学作品。好在我的导师王德威教授很重视史论结合，引导我回到文学史的框架之中去做学问，不然真是离文学越来越远。

我记得多年前在一次学术会议上，李欧梵教授做了一个很有意思的比喻。他说我们现在解读文学文本就像是金庸武侠小说中的“华山论剑”，各门各派的武侠大师聚集华山，大家都使出不同的招数，令人目不暇给，有的使出“女性主义批评”的招数，有的使出“后殖民主义”的招数，有的使出“文化批评”的招数，胜负难分，让人感到云山雾罩，神乎其神，可是等到大家都离开华山后，我们会发现华山还屹立在那里，什么也没有改变，那华山就是文学作品。当时他是用这一比喻来讽刺追逐西方理论的学者，讽刺他们只看到时髦的西方理论，而没有看到中国文学的实质。不错，在教学中，我们可以引导学生用各种理论招数来解析文学作品，从接受美学的角度来讲，一个文学文本确实允许读者从各种角度来阐释，而且越是好的文学作品允许我们阐释的空间就越大，于是仁者见仁，智者见智，女性主义者看到性别政治的一面，后殖民主义者看到霸权与反霸权的一面，新马克思主义者看到意识形态的一面，这些都无可非议，但是，我们也应该引导学生回归“文学的自主性”，培养他们的审美趣味，别把文学作品当作仅仅是阐释政治历史或者文化政治、话语霸权的工具。毕竟，这是一门文学课。

总之，我的教学思路是比较传统的，主张回归文学经典，回归真实的文学历史，回归作家的主体性，不管现在时髦的理论是什么，我都尽量引导学生回到文学本身，注意文学的审美价值，注意文学的生成条件与文学性，注意文学作品与时代之间复杂的关系，注意作家的内心世界。为了吸引学生注意，我也会用电影做辅助教材，用一些改编自文学名著的电影，但是我教电影的方法跟教小说的差不多。

最后我还想引一段昆德拉的话，他说："对我来说，成为小说家不仅仅是在实践某一种'文学体裁'；这也是一种态度，一种睿智，一种立场；一种排除了任何同化与某种政治、某种宗教、某种意识形态、某种伦理道德，某个集体的立场；一种有意识、固执的、狂怒的不同化，不是作为逃逸或被动，而是作为抵抗、反叛、挑战。"我想作为文学批评家，我们也应该有同样的态度，不能拿文学来做某种意识形态、某种主义，或者某种理论的注脚。回归文学经典，对我来说，不仅是对我这么多年来受到的西方学院派训练的一种反省，也是对当下时兴的"文化批评"潮流的一种抵抗和挑战。

二〇〇八年六月

我在美国的教学生涯

（一）

一九九八年我在哥伦比亚大学东亚系获得博士学位之后，便到马里兰大学的东欧及亚洲语言文学系担任助理教授。在哥大毕业之前，我还到旧金山州立大学外语系担任讲师一年，这样算起来，我已有七年的教学经验了。走出哥大进入马大的这一年，差不多是我的“三十而立”之年。站立在学生面前，我固然感到自豪，但也感到沉重。马大是研究性大学，要求教师在六年之内至少要有一本学术著作出版，才能得到终身教职，但教学又是自己的真正职业，这就意味着一站立起来就得“双肩挑”。七年来，就这样，研究性写作，教学，加上后来生了孩子，这三重工作把我压得喘不过气。我常对父母诉苦说：我身上压着三座大山啊，快得忧郁症了。我明明知道，美国的职称评定带有机械性，如果英文学术著作不能及时出版，就拿不到“铁饭碗”，过不了“终身教职”这一关，因此应当把精力放在对付“研究”这座大山上。可是，脑子虽然明白，心灵却加以拒绝。“首先得把书教好，当个好老师”，这是心灵的绝对命令，这就是“职业良心”吧。大约是这个绝对命令，所以多年来我总是把教学放在第一位，把心思首先放在教学上，今天所以愿意和同行朋友们谈论教学，也是因为多年的心思似乎也化作一点心得。

（二）

我在哥大读的是东亚系，博士导师是王德威教授，学习的重心是中国文化与中国文学。到马大后教的主要课目也是中国文学艺术，包括中国诗歌、中国现代文学简史、中国电影。走到大洋彼岸，用英文授课，还是离不开故乡故园的方块字。只是在中国的讲台上，要讲“大江东去，浪淘尽，千古风流人物”一句，可以脱口而出，而在美国课堂，则必须用诗意的英语表述，这种语言转换非常困难。目前来自中国大陆又进入美国东亚系讲坛的同行们，大多数在国内是大学外语系出身，而我是北大中文系出身，英语的感觉和转换能力，自然不如他们。在乌龟与兔子的竞赛中，我总是充当乌龟的角色，在教学上其实也是如此，显得特别笨重，特别费力。

而我觉得真正困难的还不是这个问题，而是美国学生对“人文”特别是对中国人文的兴趣问题。到美国之后，尤其是深入美国社会之后，才知道美国人与中国人的文化理念、文化规范、文化心理确有很大的差别。就说文化心理吧，进入学校的中国青年学生，听老师的道德“说教”与人文“说教”恐怕是理所当然的吧。中国的教学结构，自古到今就有三维，即德育、智育、体育，而美国（不论是中学或大学）则只有二维，即只有智育和体育（教会学校例外）。这种结构再加上杜威实用主义理念在美国的影响，学生的接受心理就更难以承受“说教”了。其实，不仅是学生，哪怕是学校的领导人和一些教授，也自觉或不自觉地把培养学生的“职业技能”或谋生手段作为教育的第一目的，而不是把提高学生的整体生命素质（包括理想追求、人文精神、历史眼光、道德素养、良知体系、审美能力、生活态度、人格水平等）作为第一目的。读书就是为了谋取一个饭碗，这已是天经地义。至于孔夫子所说的教育是让学生“学为人”、培养优秀人性等等，似乎离美国很远。据一些老教授讲，第二次世界大战之后美国有一段时间也挺重视道德教育、人文教育，我没有研究过这段教育史，不能确证此事。但我看到的现状却是，美国教育中的实用主义理念越来越普遍。我的教学，面临的第一个挑战，就是学生对文学艺术乃至对人文精神缺少基本的认识的兴趣。

马里兰大学设立“东欧及亚洲语言文学系”，当然也希望从这里能走出东欧研究和亚洲研究的专家，但更多的是着眼于给现在各系的学生做必修课和选修课之用，以增加他们的异质文化知识。可是，我见到的学生，他们开始时几乎都只是想到这个偏远的文化课上拿点学分，即使学了东欧和亚洲的某种语言和某种人文知识，也只是为了以后多一个谋取职业的门道而已。本来有几个学生（包括来自中国大陆、台湾、香港的学生）还想选择“文学道路”，但后来看到美国的文科毕业生不仅难以找到工作，而且即使找到了工作薪水也很低，便赶紧从文学路上“逃亡”了。面对这种境况和心态，我意识到，对于我的学生最重要的首先是不仅“身”要进入课堂，而且“心”也要进入课堂。倘若心不在焉，我讲得再认真也没有用。因此，每次开学，我都要进行一番让学生不知道是说教的说教。这就是要说一些重视人文的真道理。

我警告他们，如果一个年轻人，在大学里深造了四年，走出学校大门时，却全然不知人生的根本，或不知一个“完整的人”是什么意思，那么，他的四年学习，基本上是失败的，至少失败了一大半。我常常引用我父亲刘再复在香港的一次题为“教育、美育与人的生命质量”的演讲稿来说服他们。我父亲认为，我们教育的第一目的不是培养“生存技能”（surviving skill），而是要提高“生命质量”（life quality）。也就是说，要培养学生了解生存的意义与人生的根本，从而确定人的灵魂维度。他引用斯宾格勒在《西方的没落》中所阐述的观念，说明人的建设的关键是灵魂的建设，即人文维度与灵魂维度的确立。“如果只有知识和技能，那么人还是平面的，只有长度和宽度；人类知识愈来愈多，宽度和长度增长了，但是缺少一个东西，即缺少第三维度，这第三维度就是人文维度；只有具备了第三维度，人才有深度，生命才是立体的。生命质量就是要求人要具有内在深度，具有完整的立体的生命。”

我于是告诉学生，人与人的差别最根本的就是生命质量的差别。一个完整的人，或者说一个立体的人，光有长度和宽度是不够的，即光有知识、有技术是不够的，只有当他同时也拥有深度的时候，才是一个真正的人。一个学理工、学自然科学的人，只有当他同时也拥有人本关怀、人文素质的时候，他才是一个健康的、丰富的、完整的生命存在。我还告诉他们，作为一个有抱负的学生，光到学校进行头脑的训练是不够的，还要有心灵的培育。优秀的心灵使头脑获得方向，使头脑的产品获得真价值。任何技术都有双面性，原子能可造福人类，也可以毁灭人类。我甚至还得和他们讲讲“幸福观”，因为他们大多抱着“享乐主义”的人生观。我跟他们说，一个没有音乐耳朵、没有审美眼睛、没有文学感觉的人不会有真正的幸福，很可能一辈子只是一个机器的附件或一台电脑的附件。当然我在进行这种说教时，要讲些故事，要举些生动的例子。经过多年来的教书生涯，我确信这番说教，乃是教学的前提，的确能激发学生的学习热情和人文兴趣，并非白费口舌。美国人讲究实用主义，我一上课偏偏要挑战一下杜威先生的这个覆盖美国的主义，偏偏要讲文学艺术的“无用之用”的大道理。这一挑战，如果用禅宗的语言来表述，就是给入门的学生先来一“棒喝”，叫你别太实用，叫你好好听我讲点中国文学与中国文化。

（三）

正因为东西方文化观念、文化规范、文化心理存在着巨大差距，所以西方的学生学习中国文学也就不那么容易。有的课文，对于中国学生极容易理解，对美国学生却不那么容易理解。选修中国现代文学课程的美国大学本科生大多对中国历史和文化一无所知，有的学生甚至连大陆、台湾和香港的区别都茫茫然，有的美籍华裔学生对中国文化虽然稍有一点认识，但讲来讲去，似乎也只知道打入好莱坞的成龙、李连杰和拍《卧虎藏龙》的李安。面对这样一群学生，我有时真是感到头痛，不知从何教起，不知如何引导他们在短短的一个学期之内了解二十世纪中国丰富的文学和文化。面对他们，我常常想起昆德拉的《生命不能承受之轻》，说实在的，他们实在是太"轻"了，整天沉浸在大众娱乐文化中，吃麦当劳，看球赛，留恋好莱坞电影，被商品社会层层包围，相比之下，二十世纪的中国文化"重"得让他们无法承受，无法理解。我在《亚洲周刊》的专栏中，曾写了一篇论"轻"与"重"的文章，当时就是从教学中引发出的感慨：

> 在美国校园里用英文讲授中国文学时，我发现美国学生并不缺少轻的兴趣，他们其实犯的都是"失重"的毛病。经过了后现代社会文化工业的洗礼，我的学生大多只懂得欣赏"轻"的、幽默的、好玩的东西，十分惧

怕沉重感。偏偏我所教的中国现代文学又承担了大量的历史和民族的苦难，让学生们大大叫苦，而我也常常苦于找不到与他们对话的途径。偶尔在课上放一两部中国影片，他们也嫌太沉重了。学生们的这种失重感揭示了后资本主义工业社会的文化转向，正如詹姆逊在他的《文化转向》一书中所论述的，如果说现代性还拥有崇高的美学的话，那么后现代性则完全抛弃了崇高，抛弃了美的自律状态，转而推崇美所带来的快感和满足。

于是，我毫不客气地批评学生们沉浸于“轻”的可怕，激发他们走出消费文化，走出快餐文化，走出享乐文化，感受一下“重”的真实感，感受一下中国文化的复杂性，从而对他们自己的文化也获得一种反思与观照的能力。

面对美国学生的文化心理和实际水平，我认为教学的关键在于如何让他们了解中国文学作品产生的历史场合，即产生文学作品的语境。我以前在大学里选修英国文学和美国文学时，老师一上来就进行本文批评，似乎从没有一个“文学史”的概念。西方文学批评很重视文本的分析，这是好的，但如果太执着、太过分，就会只知其一，不知其二，只知形式结构，不知精神内涵。特别是对于美国学生，他们对中国本来就很陌生，讲起中国文学作品，如果不知道语境，就会陷入结构分析的陷阱之中，如坠烟雾。意识到这一点，我这些年便有意识地挑战新批评、结构主义、后结构主义等时髦的教学法，有意把语境看得比语言更重要。无论是讲中国文学还是讲中国电影，都充分地讲清时代，讲清中国的具体历史场合。例如，我常从晚清的梁启超讲起，从小说革命讲起，让学生明白：为什么中国文学被提高到国家话语的高度，成了拯救国家、改造国民的工具？为什么中国知识分子一直都走不出“感时忧国”的情怀？为什么现实主义成了中国现代文学的主流表现形式？又比如，讲鲁迅的《狂人日记》和《阿Q正传》，就首先要讲中国历史的漫长，传统包袱的沉重（和美国完全不同），保守力量的根深蒂固。由于中国黑暗的特别浓厚和民族劣根性的特别顽固，启蒙者就不得不采取“矫枉过正”的策略。如鲁迅所言，本意只想让主人开窗户，可是主人太保守又太刁顽，只好威胁说，如果你不开窗就掀掉你的房子，这主人才肯折中地开了窗子。历史场合讲清了，才能说明鲁迅当时为什么那么激烈，才能说明鲁迅说中国文化传统的“吃人”是什么意思，也让美国学生不会因为读了《狂人日记》之后误以为中国文化乃是血淋淋的血腥文化。我记得在课上曾有过几个美国学生问我，是否中国历史上常常出现野蛮的“吃人”事件。经过我的解释后，他们才明白，鲁迅所说的“吃人”是一种文化隐喻，是“五四”新文化对封建文化的隐喻式的抗议。

（四）

重视语境的讲述，是我的教学特点。为了把这一特点发挥得更好，我又把语境分为几个层次，也可称作语境结构的设定。语境应包括历史语境、政治语境、文化语境和审美语境即文学艺术自身语境。

一个作家、导演的作品的产生除了和他们所处时代的政治、文化大环境有关之外，还与他们在文学艺术发展链条上的具体位置有关。例如中国现代文学，是属于处于京派位置与处于海派位置的作家，就必须讲清楚。上世纪二三十年代处于京派位置的周作人、沈从文和处于海派位置的施蛰存、刘呐鸥等对现代化浪潮的感觉就全然不同。如果说海派欢迎“声光化电”并抒写声光化电下人的心理感觉，那么，京派则与此拉开距离，这才有“龙说虎”的闲适散文，而鲁迅的《野草》则异于南北两端，在现代化潮流面前徘徊不安，既没有躲进“自己的园地”的隐逸之情，也没有欢呼声光化电的兴奋之情，更多仍然是彷徨与焦虑的现代感，是对存在意义的叩问。讲清鲁迅、周作人、沈从文、施蛰存的流派语境，再进入他们的作品分析自然就容易明白得多。

一个作家与时代和艺术思潮的关系是非常紧密的，他（她）塑造着时代，也同时被时代所塑造。比如当我们读女作家丁玲的文学作品时，就不能把它们看成一成不变的整体，而是应该看到它们在各个历史时期所显示的不同风貌与不同的艺术价值。比如二十年代末，丁玲受到“五四”新文艺的影响，她在《莎菲女士日记》中表现出了女性对自己身体欲望的认识，表现出了女性主体的觉醒。到了一九三〇年，她转而接受早期普罗文学的“革命加恋爱”的文风，把新女性的主体意识写成了小资产阶级的闲情与趣味，成了不值得追求与肯定的东西。四十年代的延安时期，她虽然已经接受马克思主义的洗礼，可是并没有完全放弃女性主义批评的角度，在《我在霞村的时候》这篇小说中，我们还能深深体会到她对女性命运的关怀。到了丁玲得到斯大林文学奖的《太阳照在桑干河上》这一阶段，我们发现她的女性主义意识已经基本上被意识形态的写作所代替，只在黑妮这一小小的角色中，还能看到一点点微小的个性的痕迹。到了她晚年所写的《杜晚香》，我们则看到她已经完全成为政治的写作工具，一点个体的声音也听不到了。给学生讲丁玲的各个写作阶段，可以让他们更深入地了解作品与历史语境、政治语境和艺术语境之间层层复杂的关系。

又如中国电影，除了讲述每个电影的大时代场合之外，又必须讲述该影片导演产生的艺术小时代场合。中国当代电影艺术已经经历六代转换，每代都有自己追求的艺术重心和表现特点。就以张艺谋为代表的第五代和以贾樟柯为代表的第六代来说，其审美趣味就大不相同。第五代导演是中国八十年代的“文化热”（文化反思运动）的产物，与“寻根派”小说和“实验小说”的文化关怀有相通之处——不再转述意识形态的话语，而是以充满主体性与个体化的语言对历史进行重写。像张艺谋的《活着》《红高粱》《大红灯笼高高挂》、陈凯歌的《黄土地》《霸王别姬》、田壮壮的《蓝风筝》都是对文化的寻根，对历史的反思与重新书写。在第五代的电影美学革命中，挥之不去的仍是重新书写历史的情怀，所以电影中的女主角，基本上都成了阐释寓言式的历史景观的符号，其女性主体都被大的历史叙事所淹没。可以说，第五代导演的作品是对主流文化和权威话语的有力反抗，是中国影坛走向国际影坛的凯旋，但是其对当代生活和“个人化”的表现仍然不足。第六代导演则对九十年代社会转型期与社会商业化有着强烈的回应，与当代生活尤其是个体生活联系得更加紧密，不再热衷于历史的大叙述，而是回到现实，回到现代性潮流冲击下的日常生活、城乡矛盾、个人的生存危机和情感波动等，比如张元的《北京杂种》、王小帅的《北京自行车》和贾樟柯的《小武》都是都市漫游者的记录，描写形形色色的都市边缘人，以及寻找被城市现代化进程所扫荡的个人记忆。这一代的导演，对第五代把历史写成寓言故事不感兴趣，而是更加注意身边的故事，注意真实性与客观性，注意都市体验和个体的挣扎，可以说更为“个人化”一些。当学生弄清这两代导演的不同艺术语境后，也就更能理解他们不同的艺术追求与艺术价值。

（五）

我的强调语境解说的教学法，用中国传统史书的基本概念来表述，就是在分析讲解“传”（人物、故事、情节、文本结构等）时，不忘先讲清“志”。我的同窗同行王岗曾著《浪漫情感与宗教精神》一书，他很善于读历史，说读史书特别要重视读“志”。

范文澜曾论述道："只有纪传，没有志书，不能说是完整的国史。"（《中国通史》第三编第一章第五节）此说就被我理解为要重视读"语境"。所谓"志"，便是产生历史人物和历史事件的制度、环境。打开《史记》，我们总是先进入伯夷传、孔子传、项羽传等，往往忘记认真读一读"志"。可是要真正讲清楚伯夷、叔齐，不把这两位志士、逸士所处的汤武革命时代讲清楚是不行的。中国的三皇五帝延至商纣时代，所有的政权更替，都采取和平方式，即都用禅让方式。周武王讨伐暴君虽有道理，但它破坏了这一方式，所以才有伯夷、叔齐两兄弟谴责周武王的"以暴易暴"的说法。伯夷、叔齐的逃亡，是对暴力方式的拒绝，并非是对纣王的绝对忠诚。韩愈的"伯夷颂"，把伯夷、叔齐改写成忠于君主的儒家楷模，很值得质疑。但这种质疑，也只能靠对"志"的理解。

我讲中国现代文学，重心放在讲鲁迅、沈从文、张爱玲三个点上，但都把他们放在"志"的前提下来阐释。"五四"前后，中国正从乡村时代向城市时代转变，这种转变，应是二十世纪中国"志"的主要内容。鲁迅熟悉乡村，他写出了中国乡村时代最后瞬间中国底层农民的苦难，并借此写出民族的大苦闷和民族劣根性的大包袱。而沈从文则对时代的转变抱着怀疑的态度，他写的是真实中国乡村古典人性美的挽歌。边城，翠翠，清澈的山水，即将被城市工业文明所污染、所破坏，他要用笔描绘出最后的纯真的图画，以衬出现代文明的丑陋。沈从文的思路，在中国近代史上，从章太炎开始就有，章氏之后的梁漱溟等，也有这种思路。说清“民粹派”的思路，就说清沈从文创作的“志”。至于张爱玲，她本来就生活在大城市，居于现代化的中心，所以写起城市生活和城市人物心态，就显得逼真，而对于农村，她却完全是陌生的，没有到过乡村，却硬写出乡村大变动的《秧歌》，就未免吃力。文字语言功力虽深，但其中的漏洞却不能不暴露出来。美国是一个城乡差距比较小的国家，美国的青年学子很难理解中国从乡村到城市巨大转变中的种种心态事态，如果未能给他们讲清中国转型的“志”，就不能讲清其转型历史条件下的作家作品。这也许是中国课堂上无须焦虑的问题，但对于我，则是要“狠下工夫”想清说清的问题。

谈起“志”，我有时也想起萨义德所讲的“东方主义”。他说“东方主义”是西方对东方的所有观念、形象及幻想的制造。的确，如果我们的教学与东方的历史语境脱离，而只是以西方普遍化的历史观念来看待中国，那确实会陷入以欧美为中心的认识论，我们则成了一群制造“东方主义”的东方人。其实，就连讲解东方主义这一概念本身，也得放到具体的历史语境来谈。比如陈小眉在她的著作《西方主义：后毛泽东时代抗衡话语理论》(*Occidentalism*; *A Theory of Counter-Discourse in Post-Mao China*)中谈到，在中国二十世纪八十年代的特殊的历史语境下，官方西方主义和反官方西方主义就不同，前者以西方阐释来巩固国家政治话语，后者则以西方阐释来对抗官方权力话语。所以，如果不了解

“志”，不了解具体的历史和政治语境就来谈中国作品，那只能是隔靴搔痒，与中国的实际情况相隔越来越远，无法还原中国文化与文学的本来面目。从这种意义上看，中国文学史的概念和轮廓在我的教学中是必不可少的。

（六）

除了注意语境外，我当然也重视“史论结合”，也鼓励学生以各种角度来阅读中国作品。我的学生常常会用各种西方文学理论来阐释中国小说和电影，或者用女性主义理论来读女作家的作品和男作家对女性的描写，或者用后殖民主义理论来读鲁迅的改造“国民性”的问题，或者用解构主义理论来读第五代和第六代电影，可以说是五花八门。从接受美学的角度来讲，这确实无可非议，但是我还是常常指导学生不要阐释得过了头，偏离原本历史政治文化的具体语境。其实，我们在美国的学院派的同行们，也会经常犯同样的毛病，拿起一个西方理论家的理论就往中国文学作品上套，也不管这一作品当时生成的特殊的历史场合，往往“言必称福柯、德里达”，好像没有西方理论来论证其观点就不够有分量，对自己的本土文学传统反而生疏得很。

在引进“文学史”这个概念时，我当然也会遇到“经典”与“非经典”的问题。我主要介绍中国现代文学史中的主流文学和主流作家，如鲁迅、沈从文和张爱玲，在此基础上，才介绍一些非经典性的作家及流派。当我们做研究时，常常会发掘出一些以往被文学史掩盖的作家，如废名、苏青、张恨水等，但是在教学中，倘若把重点放到非经典文学作家及其作品的话，那么学生对中国现代文学的理解就不够全面，会连一些最基本的常识都搞不清楚。

总之，我的教学思路是回归文学经典，回归真实的文学历史，不管现在时髦的理论是什么，我都尽量引导学生回到文学本身，注意文学的审美价值，注意文学的生成条件与文学性，让他们明白这些作品与时代之间复杂的关系。不错，我所教的课程在美国校园中是属于非常“边缘化”的课程，这里面所隐含着的欧洲中心的话语霸权是不言而喻的。然而，正因为此，我更不想为了挤进“中心”而一味追逐学院派时髦的理论话语，而是努力地保持自己的教学特色，努力还原历史的真相和文学的审美趣味。就像现在的全球化和本土化的争论一样，我不想我的课程被全球化的话语和价值系统所笼罩，而是希望在铺天盖地的统一化的全球化工程中，挽救出一些真正具有本土特色的历史文化记忆。

（七）

我在美国教书才七八年，说到底，才仅仅是个开始。刚刚走了第一步就写这样的文章，未免太早。但是，想到可以借此思考一下自己的课堂生涯，以让今后更自觉地做些实验与实践，又想到可借此机会，和其他朋友交流一下心得，也就答应编者的约稿写了。但因为经历太短，说得也就难免疏浅，这就得请读者原谅了。不过，我也想到教书其实才是我的天职，它在某种意义上比我的学术研究工作更为重要。这倒不是因为我从小就“好为人师”，而是因为在这么一个物欲横流、商品泛滥的时代，如果连我们作为教师都不重视“育人”，那么这个世纪还有什么希望呢？如果每个教授拼命做研究只是为了增加一些追逐名利的资本，那么这些著作又有什么价值呢？多写一本学术著作对于个人而言，固然很有成就感，但是能把人文精神传播给还在成长中的学生们，不是更加重要吗？在美国教中国文学虽然领域很窄，但是它既能让美国学生对中国文化有更深一步的认识，让中西文化有所交流、沟通，还能帮助自己保持一些美好人性，一点“为人师表”的尊严与责任感。我认为教书的过程，不仅是传授知识的过程，而且是自身修炼的过程。在学生的注视与期待下，教师是很难回避“崇高”的，对黑暗不能不置一词，不能失去知识分子的良心与社会责任感，绝对要拒绝狡猾与世故。因此，从心灵深处，我更喜欢人们把我看作一个“教师”，而不是“学者”。

文学是否还是一盏明亮的灯？

二〇一二年对于中国文学来说乃是不寻常的一年。这一年中国作家莫言获得诺贝尔文学奖。这是大事件，因此得以迅速地传遍中国、震撼中国。两个月里，莫言的著作一版再版，覆盖整个中国，也让中国读者开始重新关注逐渐被市场边缘化的中国当代文学作品。作为文学研究者，我一方面为莫言的成功感到喜悦，另一方面也有些担心，是不是广大中国读者对中国当代文学的关注只是由于诺贝尔文学奖的刺激？而这一关注会不会只是昙花一现，最终会随着诺贝尔奖颁奖仪式的结束而逐渐消逝？

回想八十年代，当时文学还处于公众关注的“中心”，无论是“伤痕文学”，还是“寻根文学”“实验小说”，都能一下子吸引年轻人的注意力，成为街头巷尾的议题。随着商品社会的迅速发展，影视文化逐渐取代了原本文学拥有的“中心”地位，而文学逐渐被边缘化了，比如莫言是个热烈拥抱社会现实、充满关怀热情的作家，其小说的社会批判力度极大，尽管如此，在他得到诺贝尔文学奖之前，恐怕还有许多青少年读者并不熟悉他的名字。除了社会大环境的原因，中国当代文学自身也产生了一个问题，那就是在语言和技巧上虽然变得越来越完善，但是却与当下剧烈变动的社会变得越来越脱节。不仅如此，虽然莫言这一代的小说家们在解构官方话语方面做得非常成功，他们的小说从集体经验语言回到了个人经验语言，以各种艺术表现形式解构了以往的革命话语，可是在成功地解构了这些主流意识形态之后，他们的小说是否除了虚无就是虚无，是否还能够提供一些关于心灵救援的力量？当文学在人们心中的地位变得越来越微弱时，有的作家认定文学应该“回避崇高”，不必再谈“教育”“拯救”“责任感”等；也有些作家认为，文学能“自娱”“自乐”“自救”即可，完全不必奢谈救人、救国、救治灵魂。这样，文学是否还有广泛的社会意义便成了一个问题。这个问题用意象表述，便是文学是否还可以成为照亮社会的一盏灯？

二十世纪初，忧国忧民的鲁迅弃医从文，立志把文学当作拯救国民性的工具。他在《狂人日记》中发出了“救救孩子”的呐喊。作为先觉者的“狂人”，不仅发现整个中国文化的字里行间都隐含着“吃人”的罪恶，而且发现他自己在不知不觉中也成为吃人的一员，即使已经觉醒，还是抵挡不住吃人的惯性。作为一个启蒙者，鲁迅的姿态是高于大众的，正因为这一“高”姿态，他才在《狂人日记》的结尾发出“救救孩子”的呐喊，才在《热风》中明确提出，文学应当成为引导国民前进的“灯火”。

鲁迅的救赎情怀一直延续到当代文学。在上世纪下半叶，文学的社会功能被畸形膨胀了。文学岂止可以救救孩子，而且可以改造中国改造世界，作家可以充当“灵魂工程师”，可以当“号角”“旗帜”“阶级斗争晴雨表”。正因为过分夸大、过分膨胀，所以才出现相反的思潮，认定文学的救赎功能纯属妄念，“救救孩子”的呐喊纯属“空喊”，文学的救治意义被悬搁了。比如，许多先锋小说更关心的是语言和技巧的更新，而不再关心文学的救赎意义。可是，我们在莫言的小说《酒国》里却又听到“救救孩子”的声音。在《酒国》这个半虚构半现实的欲望横流的“肉人”世界中，连可爱的婴儿都可以成为一道大餐。所有的人都在“吃”，连原本去调查红烧婴儿案件的侦察员丁钩儿，在酒色的包围中，自己也从警察变成了罪犯，无意识中加入到了“吃人”的宴席，成了吞吃孩子的一员。值得注意的是，在小说结尾，莫言把自己也写进了“酒国”，他用自嘲的口吻让那个“体态臃肿，头发稀疏，双眼细小，嘴巴倾斜的中年作家莫言”走进了那个似幻似真的堕落酒城，跟着小说里的人物一起身不由己地大吃大喝，只是在品尝“红烧婴儿”大餐之前就醉倒在桌子下面了。从莫言自嘲与反讽的描写中，我们看到了一个世纪末肉欲横流的颓废盛宴，而在这场盛宴中，每个人都进入喝醉酒、吃婴儿的“共犯结构”中，每个人都无法自拔。莫言与鲁迅相似，既发现吃婴儿，又清醒地意识到自己也是“共犯结构”中的一部分。

莫言虽有“救救孩子”的情怀，但又意识到自己没有力量。在短篇小说《弃婴》中，莫言再次以叙述者“我”的声音写了一个企图“救救孩子”却又没有力量的脆弱的个体，在这个人身上，我们又看到了“作家莫言”的身影。“我”虽具有悲悯之心，从葵花地里拣回了一个被人遗弃的女婴，可是面对家里人的责怪，内心却充满矛盾。小说中有一段这样的话：

> 几天之后，我更加尖刻地意识到，被抛弃在美丽葵花地里的女婴，竟是一个集中着诸多矛盾的扔了不对、不扔也不对的怪物。人类进化至如今，离开兽的世界只有一张白纸那么薄；人性，其实也像一张白纸那样单薄脆弱，稍稍一捅就破了。

顶着家人的压力，叙述者“我”勉强抚养了几天被抛弃的女婴，想给她找一个归宿，可是却怎么也找不到，公社里的人对这种弃婴现象早已司空见惯，已经变得非常麻木了，而“我”的姑姑，也就是后来莫言的长篇小说《蛙》中的原型人物，是个妇产科医生，见到“我”，反而要劝说“我”领养另一个可怜的女弃婴，后来“我”只好悄悄溜走。这篇小说悲天悯人，既感慨人心冷漠（对待幼小的生命没有一点同情心），又“悲悯”那些抛弃女婴的农民，在作者眼里，人性，“其实也像一张白纸那样单薄脆弱”。甚至本想要救女婴的“我”，也一样是充满矛盾，一样脆弱。他原本想救女婴的“英雄”之举，被自己内心的懦弱与矛盾所抵消，反而想着如何要把手中的女婴“推销”出去。对于自己救女婴的“英雄”之举，叙述者“我”有这样的一段内心独白：

我每次为别人付出重大牺牲后，得到的总是别人对我刻骨的仇恨和恶毒的詈骂，最恶毒的詈骂。我的心已经被伤透了，被戳穿了。当我把被酱油腌透的心献给别人时，人家却往我的心上撒尿。我恨透了丑恶的人类，当然包括这个食量颇大的女婴。我为什么要救她？我听到她在愤怒地质问我：你为什么要救我？你以为我会感谢你吗？没有你我早就离开了这个肮脏的人世，你这个执迷不悟的糊涂虫！

整个“救救孩子”的行为不仅内心冲突而且充满了荒诞的感觉，救也不是，不救也不是——表现出作家救世情结的深刻困境，包括对“我”是否具有救世能力表示怀疑。在困境中，莫言把叙述者“我”脆弱的一面揭示给人看。他的长篇小说《蛙》的主人公，是“我”的姑姑，妇产科医生和生育办副主任，本来应该帮助一个个幼小的婴儿来到这个世界，可是在计划生育的政策下，她反而成了扼杀“孩子”的人，但是到了晚年，她有了反省和自我忏悔，通过与捏泥娃娃的丈夫合作，试图再现一个个在她手中消失了生命的“孩子”。《蛙》中的“我”，也有一种忏悔意识，不仅对他的前妻感到内疚，而且对后来被借肚子生孩子的可怜的陈眉也感到愧疚。叙述者“我”虽然没有救赎他人的能力，但是他的忏悔意识至少让他清醒地认识到自己只是一个脆弱的凡人，一个在不知情的情况下一样有可能参与“共同犯罪”的人，就像《狂人日记》中的狂人在无意中参与了吃妹妹的行为。在荒诞的“共犯结构”中，由于姑姑和“我”拥有了他人没有的忏悔意识，他们至少在冷漠的世界中还能保留住自己内心柔软的一面，对他人的痛苦还有感觉，还有自责，而对一个个无助的孩子的生命，还有怜悯。

如果说莫言延续了鲁迅“救救孩子”的主题并有许多彷徨与困境，那么阎连科在《四书》中则表现了“孩子救救我们”的主题。这一主题也曾经出现在冰心的笔下，代表纯真心灵的孩子成了拯救人们的心灵力量。在阎连科的《四书》中，我们同样看到了这样的孩子形象，这个孩子不需要别人来救他，反而自始至终都在扮演一个试图“救人”的角色，只不过这个孩子比冰心笔下的孩子复杂多了，即有了更多的文化、政治和宗教的内涵。《四书》是一本直指内心的、犹如一本灵魂炼狱的书。在中国现当代小说中，一直都比较缺乏这种叩问灵魂的小说，《四书》填补了这一空缺。即使《四书》的表现手法用的是阎连科在《发现小说》中所定义的“神实主义”，读者还是很容易就能够明白《四书》写的正是那段大跃进、大炼钢铁和大饥荒的历史。当那些知识分子被放在“育新区”，被剥夺所有作为知识分子甚至作为人的尊严时，“孩子”居然是他们的领导。他既纯真、透明，又对荣誉非常向往，对“崇高性”很向往。阎连科绝不“回避崇高”。他的社会责任感之强、社会批判力度之大，在中国当代文学中，可谓无人可比。在强烈的社会使命感之下，他对“孩子”在救赎中的地位进行思索。

孩子的形象在《四书》中是一个隐喻，最开始代表的是“革命”，以“革命”的名义来实施所有暴力的行为，以“革命”的名义剥夺了这些知识分子的书籍，以“革命”的名义来改造这些知识分子。在这个“人间地狱”里，最初代表着“革命”的隐喻的“孩子”，把知识分子当成罪人，试图改造他们、救赎他们，可是没想到这一所谓的“救赎”行为，其实带给知识分子们的反而是一种巨大的灾难，把他们带入可怕的“人间地狱”，而在这个人间地狱中，知识分子们一个个守望不住自己人性中美好的一面，在炼狱里不仅丢失了健康的身体，也丢失了健康的灵魂，只有一两位知识分子还能够保留住自己最后的做人的尊严，其他的知识分子纷纷“沦陷”，纷纷暴露出灵魂中丑陋的本性。不过，“孩子”在偷偷阅读了他所缴获的知识分子们的书籍，尤其是阅读了《圣经》的连环画之后，最后居然有了一个惊人之举：“孩子像耶稣一样把自己钉在铺满红花的十字架”，“而孩子他的脸，没有苦痛和曲扭，安详的、如意的，有着浅浅的满意的笑，如巨大硕满的红花开在天空开在十字架的顶”。这个时候的“孩子”，又变成了基督教的隐喻，他模仿耶稣的行为，是一种以基督教来救赎的象征。因为他的这一救赎行为，一些知识分子得到了自由，最终离开了“育新区”。

阎连科尖锐地发现，高喊“救赎”的知识分子反而自惹灾难，不仅救不了他人，也救不了自己。于是，他产生了“孩子救我”的新梦。在书的结尾，阎连科通过小说中的人物“学者”重写了西绪弗神话，题为《新西绪弗神语》的哲学随笔稿。这篇稿子中的西绪弗，被上帝惩罚日复一日地把石头从山下滚到山上时，他已经习惯了，已经视为“应该和己任”。但是有一天，他看到了一个孩子，“这个孩子单纯、透明、天真，对世界和荣誉充满了好奇”，西绪弗爱上了这孩子，而孩子给他无意义的滚复中注入了新的意义，于是惩罚的内涵消失了，他找到了快乐，找到了存在的理由。但是上帝看到后，马上给了西绪弗新的另一种惩罚，让他在山的那一边日复一日地把石头费劲地推下山顶，然后石头到了山底下又自动滚回山顶上，而且让他再也看不到孩子。“在山的那一边，西绪弗是西方的西绪弗。在山的这一边，西绪弗是东方的西绪弗。”这里，阎连科似乎在探索着中西方文化中能够救援心灵的力量，找寻能够赋予荒诞的人生一些光明意义的源泉。在上帝新的惩罚中，东方的西绪弗再次习惯了无意义的劳作，也不再去探究其意义。然而，无意之中，“和上次见到路边的孩子一样，西绪弗在把巨石从山上用力下滚时，一日间，他弓腰用力的目光从石头顶上翻过去，他看到了山下的草木、房舍、村落、炊烟和在一座禅院门口戏耍的孩子们。”于是，“西绪弗越过了神的惩处看到了山下的禅院和俗世炊烟图”，并爱上了这幅炊烟图，“现实的炊烟给了西绪弗被惩戒中新的意义和适应的力”。很明显，阎连科在书写“孩子救救我们”的主题时，不仅在西方文化中看到了基督教的拯救力量，也看到了中国禅宗的回归“平常心”的拯救力量。如果象征“革命”的孩子讽刺了革命的救赎的力量，那么模仿着耶稣的孩子最终还是完成了某种救赎。而在“东方的西绪弗”里，阎连科又发现禅宗的救赎力量，发现回到现实的炊烟图的“孩子们”同样具有救赎的力量，他们能让人们在无意义的生存和痛苦中重新找到生存的意义。

《四书》最后的这幅俗世的禅院炊烟图，也容易让人想起高行健的《灵山》，因为那是一部充满禅意的书。不过，高行健既不关心“救救孩子”，也不关心“孩子如何救救我”，而是关心“自己如何救自己”，也就是如何“自救”的问题。高行健的《灵山》实际上是一部内心的《西游记》，作者寻找灵山的过程，乃是内心解脱的过程，摆脱被外物所役而得到内心大自由的过程。灵山在内不在外，不能够靠人指点“迷津”，而是得靠自己去体悟，灵山就在于内心的彻悟，自由来自自身的意识，正如佛不是在山林寺庙里，而是在自己的本心中。找到了内心的灵山，就找到了庄子《逍遥游》中的个体的大自由和大逍遥精神。然而，不同于庄子的“圣人”“真人”“神人”的理想人格，高行健以清明的意识认为自己只是一个脆弱的人，反而回到禅宗的

“平常心”，从容地面对人生，从容地面对死亡，以平常之心悠游于主流的边缘，做一个真正自在的人。

无论是莫言延续鲁迅“救救孩子”的呐喊主题，还是阎连科关于“孩子救救我”的主题，或是高行健所倡导的“自己救自己”的主题，实际上都仍旧执着地探讨着文学是否拥有心灵救赎的力量。在如今文学日趋式微的当下，在痞子文学、解构主义以及影视文化、大众文化横行的时代，当代作家没有放弃文学救赎主题的思考，这是好事。虽然不同作家“各行其是”，难以找到一致的答案，但都想到救赎与自救，这也许正是作家内心那盏灯光尚未熄灭的明证。只要这盏灯不灭，文学就仍旧有照明社会的力量。

二〇一二年十二月写于香港

永远天真的“老顽童”

——缅怀恩师夏志清先生

二〇一三年的圣诞节之夜，我和父亲刘再复一起给夏志清先生和王洞师母打电话，想致以节日的问候，可是师母说先生住院了，当时我们就很担心，没想到过了一个星期竟得知了先生逝世的消息。我开始不敢相信这是真的，因为三年前我赶到纽约参加先生九十华诞时，他还红光满面，精神矍铄，样子非常年轻，见到我们好几代的学生开心得不得了，兴致勃勃地跟我们相约要在他的百岁盛宴上欢聚呢。新年元旦之夜，我默默流着眼泪，伤感地缅怀着夏志清老师，回忆中全是他天真烂漫的音容笑貌，觉得他仿佛还在我母校（美国哥伦比亚大学）的校园里纵情地嬉谈怒骂，他的幽默，他的正直，他的真情真性，展现为眼前的一幕一幕。想到这些情景已经不再，实在难过。

夏先生在美国哥伦比亚大学培养了许多学生，我有幸也是其中的一个。一九九二年，我刚从科罗拉多大学东亚系硕士班毕业，被哥伦比亚大学东亚系博士班录取，成为王德威老师的博士生。那时，夏志清先生刚满七十岁，他选择王德威老师做他的“接班人”，希望哥大的人文传统和中国文学传统能够薪火相传。虽然已经退休了，但他对我们这些新来的博士生仍然非常关心，逢年过节他和师母总是请我们这些研究生在哥大旁边的餐馆吃饭聊天，让我们这些“异乡学子”在纽约的大都市中也感到中国式的人际温馨。不仅如此，他还亲自回到哥大东亚系开课，这真是福音。他不仅讲得很生动，而且对我们的研究选题切实关注，并坦率地给予中肯的意见。

我第一次见夏先生，记得是跟我父母一起去他在哥大附近113街的公寓。去之前，我就读过他的《中国现代小说史》和《中国古典小说导论》，心里对他很崇拜，非常好奇想知道这位名满天下的老先生会是什么样子。一见面，他就热情地夸奖父亲，说父亲的文章写得非常好，还直言不讳地说：我和你父亲都非常伟大，所以不必讲假话。接着，他就对我直呼“小美女”，让我沾沾自喜了好一阵子，不过后来我才知道，几乎所有知识女性在他眼里都是“美女”，我们博士班的杜爱梅（Amy Dooling）是个女权主义者，竟对夏先生称她“美女”提出过小小的抗议，不过夏先生还是照样天真地赐予我们“小美女”的桂冠。他和师母租的是哥大的公寓，屋子里除了书，还是书，每间房子都堆得满满的，连走廊里也摆满了书，完全没有杂物和俗物。走进他的书屋，就像走进人文专业图书馆，他的一生就生活在书籍的环抱之中。读书，讲书，著书，就是他人生的全部。九十三年人生，一以贯之的便是书。在书屋里谈说学界的种种趣事时，他总是笑声响亮，口无遮拦，让我们大家都跟着大笑不已，师母王洞在旁边总是忙着替他打圆场，可是他却不领情，愈说愈走调。但在笑语中总有一些让我难忘的不同一般的见识，让我真的受益和长进，所以我很喜欢倾听他的笑谈。他给我的第一形象就是个“老顽童”，活得率性，活得快乐，活得真诚。

有一个学期，王德威老师请夏先生回哥大代一门课，他于是开讲“中国元杂剧”，我和同学们欣喜若狂，纷纷抢着选修，非常珍惜能够在课堂里可以当面讨教的机会，不过也暗暗担心他会要求太严。没想到，整个学期都过得很愉快，课上也总是充满欢声笑语。哥大博士班课程通常都是小班，不到十人，所以每个人在班上都得到了他的精心辅导，他的英文写作水平连美国学者都佩服，所以在这堂课上，他对我们的英文表述也要求比较高，我们的每一句翻译都得到过他的修改，最后他让我们每个学生选一个元杂剧翻译，作为期末的学期论文，我记得他给了我一个“A”，让我深受鼓舞。印象最深的是最后一堂课，夏先生说这个学期他太享受了，太高兴了，最难过的是怎么这么快就结束了，我们大家也有同感，恨不得他就那么一直教下去，所以报予他最热烈的掌声。那是他最后一次在哥大教课，我至今仍感到很幸运，能有那么一个学期认真地上他的课，每字每句跟着他翻译，得到他的言传身教，真真切切地感受到他严谨的治学态度，也明白跨越中国古典文学和中国现代文学、打通古今与中外血脉的重要性。

他因为高血压，每天都到哥大附近的街道散步，我和同学们经常看到他，我的公寓和他的公寓只隔了三条街，我的同学何素楠（Ann Huss）和陈绫琪跟他住在一条街上，我们三个人常常去他的公寓请教。夏先生每次见到我，就会询问我在哥大的学业进展，还让我和师母聊天。每次相见，他总要告诉我应该注意哪些研究课题，在英文写作上要如何提高。有一次，我跟他说，我要参加哥大的一个研究生组织的国际性研讨会议，需要在会议上发表论文，心里很紧张，因为那是我第一次用英文公开演讲。夏先生听了就问什么时候，说他一定要到会上去给我“捧场”。果真，演讲那天，他准时到了，还端坐在第一排，认认真真地从头听到尾，并提了几个问题让我当场回答。讲演结束后，他特地走过来跟我说，他本来担心我的英文过不了关，毕竟我的大学本科是北大中文系，没有受过英文的专业训练。他兴奋地对我说，“听了你的演讲，放心了”。过后他还特地告诉我父亲（那时在科罗拉多大学），说“剑梅英文没问题了”。那之后他确实对我充满信心，觉得我以后找工作，也不必替我担心了。他讲得很“实用”也很“实在”，他的肯定，让我的英文讲述与英文写作，获得了很大力量。

到哥大三年后，我顺利完成了必修课程和选修课程的要求，并通过了博士资格考试，开始进入写作博士论文阶段。我最先选择的题目是“革命话语与颓废话语的对话”，并运用了一些刚学到的时髦理论，写了一个论文的大纲，就兴致勃勃地拿去给夏先生看。可是他翻阅了一下，就非常不客气地给我四个字的评价：“大而无当”，他批评得很直率，不留情面。被他浇了冷水之后，我才明白自己的选题外延过于宽泛、很难驾驭，应当改变写法，于是就改用“深挖一口井”的方法，以小见大，并在王德威老师的指导下，把题目定成“革命与情爱”，从二十世纪二十年代末的“革命加恋爱”的公式写作及其在文学史上的主题演变来看待中国现代作家内心的分裂，强调他们在现代和传统、集体和自我、理想和现实之间的挣扎与彷徨。夏志清先生认可我的新题目，还让我参考他的兄长夏济安先生的《黑暗的闸门》，这本书对我影响很大，因为他揭示了左翼作家的双重性和充满人性的一面，让我大开眼界。博士论文写出初稿后，夏先生仔细地读了好几章，从大的方向给予我很多鼓励和修正，不过叮嘱我要多做本文的细读，不要被西方理论搞得晕头转向。

夏志清先生自己的学术研究受到李维斯（F. R. Leavis）的理论和新批评学派的影响，很重视文学本身的审美价值，认为文学史家的首要任务是挖掘出优秀的文学作品，他对张爱玲、钱锺书、沈从文、张天翼的高度评价，对《红楼梦》等古典文学名著的分析，都是站在文学审美的立场，考察作品的实际表现，反对把文学简单视为反映时代精神的工具，而是注重作品中传达出的作者的思想、智慧、写作风格和语言。正如他在《中国现代小说史》的序言中所写的："本书当然无意成为政治、经济、社会学研究的附庸。文学史家的首要任务是发掘、品评杰作。如果他仅视文学为一个时代文化、政治的反映，他其实已放弃了对文学及其他领域的学者的义务。"[1] 我读哥大时，正是西方解构主义、后殖民主义理论盛行时期，夏先生的《中国现代小说史》一下子成了诸位汉学家批评的对象。比如，周蕾教授在《妇女与现代性》一书中对夏先生以西方文学经典为标准来评价中国文学提出质疑。然而，我认为夏先生是从世界文学的大视野（即普世视野）来评价中国文学的，这种视野超越国界（包括批评中国作家把"感时忧国"的民族情结固化），把中国文学纳入世界文学的整体框架中来思考判断，重视的是文学本性与文学自性。如果忽略这一点，仅从"文化政治""话语霸权"的角度来批评夏先生，就会产生误解。倘若给他扣上"反共学者"的标签，那就更加"本质化"即更加简单化了。

二十年过去了。今天再想想在哥大读书的岁月，觉得夏先生给自己最根本的教诲是多读西方和中国的文学经典。他总是对我说，不要光读文论和文化批评书籍，而要自己去好好细读西方文学文本和中国文学文本，要自己去感受文本中的美（诗意细节），

1 C. T. Hsia, *A History of Modern Chinese Fiction, 1917—1957* (New Haven: Yale University Press, 1971), p. X.

自己去感受文学的真谛，自己要有勇气作出不同于他人的判断，不要赶时髦，不要人云亦云。他说他自己读书期间读了很多西方新批评的理论书，比如李维斯（F. R. Leavis）的《伟大的传统》（*The Great Tradition*），布鲁克斯（Cleanth Brooks）的《现代诗与传统》（*Modern Poetry and Tradition*），威尔森（Edmund Wilson）的《阿克瑟尔的城堡》（*Axel's Castle*），崔林（Lionel Trilling）的《诚与真》（*Sincerity and Authenticity*）等著作，虽然很有收获，但并不满足于此，而是与此同时去细读他们著作中谈到的世界名著，所以他对海明威、福克纳、叶芝、乔伊斯、艾略特等的作品都了如指掌，常常会给我们娓娓道来，并和我们交换对这些西方名著和中国名著的看法。他对我的这些具体的指导，在当时的语境下，可谓“政治不正确”，有悖于当时正在流行的西方女性主义、解构主义、后殖民主义等思潮。那时哥大东亚系的学生纷纷去选修写《东方主义》的萨义德（Edward Said）的课，或是女性主义权威斯皮瓦克（Gayatri Chakravorty Spivak）的课，而我们选修的英文系和比较文学的课程，基本上也都在大谈文化政治理论，完全不重视文学文本，即使做了一些文本细读，也只是热衷于“主义”的倾向。这种倾向熏陶下的文学系学生难免要“本末颠倒”，为理论而理论。好在我在哥大读博士期间，有夏志清先生和王德威老师对文学传统的坚持，所以我很早就“返回古典”、返回文学。不仅返回西方的文学经典，而且返回了中国的古代文学、现代文学、当代文学，一直守望文学的家园，终于没有遗忘自己作为文学研究者的职责。

一九九七年我通过博士论文的考试，要去旧金山州立大学任教一年，临走前夏先生送给我一份珍贵的礼物，后来我从旧金山带到马里兰，又从马里兰带到香港，和我一路从西方漂泊到东方。那是一本像砖头一样厚重的戈尔·维达尔（Gore Vidal）的《美国：散文 1951—1992》（*United States*：*Essays*，*1951-1992*）。在书的扉页上，夏先生特写道：

> Gore Vidal 是我最心爱的美国散文家。剑梅刚通过了博士论文的考试，将赴旧金山，即以 Vidal 之《散文合集》相赠，并盼望她每有空时，挑几篇文章看看，当得益匪浅。
>
> 原系志清藏书，一九九四年三月二十日，现赠剑梅女史珍存。
>
> 志清
>
> 一九九七年十二月三十日

一九九八年我正式从哥大毕业，并从旧金山州立大学转到马里兰大学任教，没有办法像在纽约时那么频繁去拜见夏先生和夏师母了，不过还是常常跟他们通电话，几乎每年过节时我都不忘寄贺年卡和写信给他们，而每次夏先生也都会认真地给我和我父亲回信，每封信都很热情。我的英文著作《革命与情爱：文学史、主题重复、女性身体》出版后，他兴奋地给我打电话，祝贺我的新书出版。不过，他对我的著作最喜欢的还是北京三联二〇〇七年出版的《狂欢的女神》，并为此特地给我写了一封信，说我能够如此关注西方女性和东方女性的艺术创作，实为难得，这一领域他以前关注得不够，所以他很欣赏我能够弥补这一空缺，认为这一“补缺”意义非常。这可能是他对我最为夸奖的一封信，当然以前他也曾经来信赞赏过我和父亲合写的《共悟人间》和《共悟红楼》。我知道，他之所以特别喜欢我的《狂欢的女神》，是因为在那本书中我使用的是散文的笔法，而不是用学院派的概念表述，真正以女性批评的角度去理解女性作家的作品，真切地感受她们的才华以及她们内心的焦虑与挣扎。这种文学化的态度，正是夏先生最希望在他的学生们身上能够看到的。

我在美国马里兰大学教了十四年的中国现当代文学，每个学期夏先生的《中国现代小说史》都被我列为中国现代文学课的必读书目之一。对于中国文学比较陌生的美国学子，这本书很快就可以让他们入门，也很快就可以对中国现代文学史上的几位重要作家赢得基本的了解。通过夏先生的讲述，再去细读各位作家的代表作，绝对是一种“方便之门”。夏先生的这本名著真是天赐的简明又深邃的教科书。无论哪个理论潮流领先，他的这本书都是一座“中流砥柱”，一条文学研究者的必经之路。

夏先生的一生，是生活极其简朴而精神极其丰富的一生。他从来都没有买过房子，也从来没有买过车子，一辈子都和师母租住在哥大的公寓里，过着简朴的生活，然而他们又是最富有的精神贵族，拥有庄子所说的精神大自在。在物质横流的世界里，这样的高贵文人已不多见。记得博士毕业的那一年，我和先生黄刚高高兴兴地开着新买的车子去跟夏先生和夏师母吃饭，没想到夏先生不以为然地说，要那车子干啥？纽约不是很方便吗？可以坐地铁，也可以坐出租车，你们买车，反而给自己增加负担。他的这一席话给我们印象极深。还有一次，我父母和妹妹来纽约看我，我们去看望夏先生和师母，他看到比我小十岁的妹妹刘莲，很是喜欢，就问父亲她是学什么的，父亲说妹妹是学电脑的，在IBM当电脑工程师。夏先生一听就着急，便对我父亲说，你犯错误了，让刘莲选错了专业。他还是那样天真，那样直言："我们搞文学这一行多幸福多有趣啊！怎么会跑到机器世界那里啦!"夏先生一生真爱文学，真爱人文，真为自己的人生选择而骄傲。他从不为物质世界所动，从不为荣华富贵所动，永远活在纯粹的精神世界里，活在纯粹的文学世界中。这种"独立不移"的真正人文学者的立身态度，是他留给我的最大的精神财富。他虽然已经离开我们了，但我确信，他的精神财富将永存永在，永远存在于我的心中和他的友人与子弟的心中。

二〇一四年一月三日写于香港清水湾

有眼应识金字塔

刚刚编完父亲刘再复的《鲁迅论》，总想说说有关鲁迅的话。因为我在美国大学课堂里讲授中国现当代文学，鲁迅是我必须讲解的第一个课题，所以总是得读鲁迅的书和参考海内外的一些鲁迅研究著作。又因为是近水楼台，我总是先读父亲的书和李泽厚伯伯谈论鲁迅的文章。国内的学者也许只读到我父亲的《鲁迅美学思想论稿》《鲁迅传》等，其实他在国外虽未专门研究鲁迅，但对鲁迅的认知比在国内更为深刻。从在东京大学发表《鲁迅研究的自我批判》始，他就告别了瞿秋白的两段论（进化论—阶级论），认同李泽厚的三段论（提倡启蒙—超越启蒙—回归启蒙），认定鲁迅的伟大之处在于"无地彷徨"（汪晖书名），之后又回到人间并屹立于大地而继续战斗。在国内时，父亲就和林岗从中国文化深层内涵的视角论述鲁迅与儒、道（庄）的关系，到了国外，他又有许多新的感悟。既然有近水楼台，我就借周青丰学弟的热情编就刘再复的《鲁迅论》，征询父亲意见，他也同意，并把他和李泽厚伯伯的一篇最新对话发给我。我先睹为快，觉得这篇对话真是难得，我把它视为鲁迅研究的一项最新的重要研究成果。其中关于鲁迅与中国文化关系的论述，关于鲁迅现代感与西方知识分子现代感的区别，关于鲁迅与现代文学诸子（特别是周作人、张爱玲）的差异等等，给我很大的启发。

李伯伯在与我父亲的对话中，再次概说中国知识者的孤独感与西方知识者的孤独感（包括俄国的东正教文化）的基本区别。他说：西方的孤独感是失去上帝的孤独，突出的是“灵魂归宿”问题。而中国知识者关注世界，重视生活，灵肉不分离，还是“未知生，焉知死”的思路，骨子里还是突出“肉”即突出“生”的问题。鲁迅批判“孔家店”，但内心深处还是与儒的求生、庆生的基本文化精神相通，因为重在求生（生存、温饱、发展），所以，他实际上抓住了中国文化的“神”，而不在乎“形”。也因此，鲁迅去世时，棺木上覆盖的是“民族魂”三个字。

读了父亲和李伯伯的对话，感慨不已，觉得自己虽在西方受了学术训练，但老是陷入枝节，未能像父辈那样抓住根本，未能达到既能宏观把握又能微观论证。我在西方汉学界得到的训练，好处是懂得“深挖一口井”，对本文的阅读非常细腻，以小见大，并同时能够结合西方文论，找到自己独特的视野，可是缺点是不能像父辈那样文史哲都打通，对大命题能够有宏观上的把握。日后，我也许会注重中西互补，宏微结合，以求上进。

除了工作需要之外，对于鲁迅，我也衷心热爱。与父亲交谈时，常听父亲说，鲁迅是个天才，他没有任何旧文人的酸气与矫情，人格很有诗意。他的作品境界很高，既有思想深度，又有情感力度，胜过“魏晋风度”，在中国现代文学中树立一座精神金字塔，我们不可“有眼不识金字塔”，正如老话所言，“不可有眼不识泰山”。他还说，鲁迅翻译了日本评论家厨川白村的《苦闷的象征》，其实他自己的作品正是中国近现代苦闷的总象征，那是对于同胞不觉醒的大苦闷，那是看到民族劣根性难以改造的深重苦闷。我很认同父亲对于鲁迅的评价，自己在阅读中也觉得，读鲁迅的书可以让自己少一点浮华和肤浅，多一点清醒和真知，所憎所爱，也可以少一点差错。

最有意思的是，每年我在马里兰大学讲授中国现当代文学史时，最后总是会问我的美国学生，你们最喜欢的中国现当代作家是哪一位，他们都会不约而同地回答，是鲁迅。我很诧异这些美国学生为什么没有选择张爱玲，反而选择了鲁迅。后来想想，也许张爱玲小说中的人情世故与爱恨情仇对于西方人并不陌生，而鲁迅的那份“沉重感”对于西方人才是真正陌生的。这些从小生活在美国文化中的大学生们，不知不觉地被鲁迅的深度所吸引，通过学习鲁迅而真正明白了什么是中国的“民族魂”。

二〇一一年二月二十日于美国马里兰

辑四

书写疾病和历史

电影《霍乱时期的爱情》上映之后，我赶忙去看了。虽然心理早已有所准备，知道影视文化对文学名著的改编很少是成功的，结果还是觉得非常失望。整部电影给人的感觉只不过是一部典型的美国爱情电影，而马尔克斯小说原著中精心勾勒的大时代精神被压缩成了窗帘布上的花边，只是爱情的雕饰物，可有可无，原著中那充满了战争、瘟疫、偏见和虚伪的世界被置换成了洋溢着拉美情调的好莱坞的虚构世界，而拉丁美洲国家特殊而沧桑的历史以及现代化过程中的殖民与反殖民的紧张冲突好像都被阳光充沛的异国风光所消解与融化了。

一

记得八十年代中期我还在北大时，我们中文系的同学都非常喜爱加西亚·马尔克斯的《百年孤独》，这本书给我们这些热爱文学的人带来了巨大的震撼，大家发现原来小说还可以这样写，我们的想象力好像一下子就变得开阔了。这部拉丁美洲魔幻现实主义的代表作，对中国的“寻根派”作家也产生了巨大的影响。时隔多年，至今我还记得《百年孤独》开篇的第一句话：“多年以后，奥雷连诺上校站在行刑队面前，准会想起父亲带他去参观冰块的那个遥远的下午。”

虽然马尔克斯运用了许多奇特而怪诞的“魔幻”的手法，比如会升天的美人、带尾巴的婴儿、神秘的羊皮书、死人与活人之间的交流等，但是他所虚构的地方马孔多，可以说是现实社会的“镜子城”，是哥伦比亚乃至拉丁美洲的缩影。从它的建立、发展，一直到它的消亡，处处包含着哥伦比亚乃至整个拉丁美洲现代文明的历史。最开始它是一个“世外桃源”，虽然落后和闭塞，但仍然保存着单纯和天真的原始文化气息。后来受到外来的文明世界的侵蚀，马孔多失去了以往的宁静，社会开始变得动荡不安。外来文明给这个小镇带来了先进的理性的科学技术，带来了令人目不暇接的奇妙的发明，带来了火车、汽车、轮船、电灯、电话、电影，还有法国艺妓、巴比伦舞女和西印度黑人等等，也同时带来了旷日持久的内战、永无休止的党派争端。除了国内激烈的自由党和共和党的争斗，还有跨国公司对马孔多的残酷掠夺和操纵。最后，古老的拉美文明一步步走向绝境，建立马孔多的布恩迪亚家族最后产生了怪胎“猪尾巴”——象征着被新老殖民者蹂躏下的畸形的拉丁美洲文明。在小说结尾，作者写到，“马孔多这个镜子似的（或者蜃景似的）城镇，将被飓风从地面上一扫而光，将从人们的记忆中彻底抹掉，羊皮纸手稿所记载的一切将永远不会重现，遭受百年孤独的家族，注定不会在大地上第二次出现了”。

有意思的是，中国文坛对《百年孤独》的解读随着时代的变迁而变迁。当《百年孤独》在中国的八十年代刚刚流行的时候，正好赶上中国文坛提倡“走向世界”，在这种历史语境下，一些学者便把《百年孤独》的主题阐释成是对拉美民族的孤独和自闭的批判，因为这种孤独的症候会导致民族的灭亡，就像小说中活了百年以上的女家长乌苏娜意识到的，代代延续的“怪诞习惯”比近亲结婚产生的猪尾巴更能加速覆灭的步伐。当时的中国正在努力地“赶超”世界，追逐“进步”，自然认为拒绝进步是愚昧的，会导致整个家族日益走向与世隔绝的境地。到了二十一世纪初，受到西方学界的“后殖民主义”思潮的影响，学者们对《百年孤独》的解读开始转向了，更多的阐释集中在“本土化”与“全球化”的冲突，集中在拉美民族在现代化的过程中所承受的痛苦经验上。我倾向于后一种阐释，而且，我发现马尔克斯笔下的疾病正好象征着拉美民族在现代化和被殖民化过程中所产生的“民族性”，通过书写这些疾病，马尔克斯在探索对本土文化认同的同时，也在批判“民族性”。

《百年孤独》这本书给我印象最深的是马尔克斯描写的“失

眠症”与“健忘症”。在马孔多小镇上最初由一个外乡姑娘失眠开始蔓延，不久整个镇子的人和动物都患上了“失眠症”和“健忘症”，这成了一种传染病，病人的身体永远不会感到疲倦，而且开始将现实“忘诸脑后”，“开头会忘掉童年时代的事，然后会忘记东西的名称和用途，最后再也认不得别人，甚至意识不到自己的存在，失去了跟往日的一切联系，陷入一种白痴似的状态”。为了对抗，镇上的人给每个动物和东西都贴上标签，以免忘记，“所有的房屋都画上了各种符号，让人记起各种东西”。霍·阿·布恩迪亚为了反抗这种传染病，决定造出一种记忆机器。后来在一个印第安人梅尔加德斯的帮助下，镇上的这一传染病终于被治愈了。这一“失眠症”和“健忘症”蕴藏着深刻的寓言，揭示了马尔克斯所担忧的拉丁美洲现代文明的困境，也是马尔克斯对“民族性”或者“国民性”的深刻批判——是否被外来文明“异化”与殖民之后，拉丁美洲国家的人民开始逐渐忘记了自己文化的根和历史？

即使“健忘症”被治愈后，马孔多镇仍然拥有着各种各样的健忘症。有一种是属于个人的“健忘症”，得了这种病的人，早就失去了自我的本真状态，像行尸走肉一样地活着。比如，奥雷连诺上校最开始起义是为了维护正义，但是当他陷入党派纷争，先后发动了三十二次起义，到最后已经变得麻木不仁，早就忘了起义的初衷，而只是为了权力而战，他母亲警告他说，“提防你的心吧，你在活活地烂掉”，“你这么干，就像是长了一条猪尾巴出世的”。经过了多年的战争，奥雷连诺上校不仅忘记了最初的理想，忘记了爱情的感觉，忘记了母亲的期待，也忘记了家乡最纯朴的气息。

小说中还描写了一种健忘症，那就是国家机制有组织有计划地抹去人们真实的记忆，用谎言来重塑历史。比如，美国公司到马孔多开办香蕉园，大发横财。随之而来的是经济衰退和劳资矛盾的激化，于是香蕉工人大罢工，政府派军队来镇压，杀害了三千多名工人，这些人的尸体被火车拉走，扔进了大海。事后，政府却矢口否认。荒诞的是，当唯一的幸存者逃回马孔多镇时，发现这件事好像从来也没有发生过一样。多年以后，“大家提到屠杀工人的事件时，记忆里的那些陷坑就变得特别深了。奥雷连诺·布恩迪亚每次提起这件事，不仅鸨母，甚至比她年长的人，都会起来驳斥那些神话，说工人们在车站上被军队包围，两百节车厢装满了死尸运往海边，这些都是虚构的，他们甚至还坚持说，在司法文件中以及教科书上，一切都讲得明明白白：香蕉公司从来不曾有过”。忘记过去，用米兰·昆德拉（Milan Kundera）的话，是“一个巨大的政治问题。当一个强势力量要剥夺一个小国的国家意识时，它就会进行有组织的遗忘……一个失去了过去意识的国家就会逐渐失去自己”。同样的，当官方力量要控制和剥夺民间意识时，也一定会有组织有计划地抹去民间记忆。在官方的历史教科书上，个人真实的记忆往往被一次次地改写、掩盖与抹杀。

马孔多镇最后变得荒芜，走向沉沦的边缘，不仅归因于外来文明对本土文明的掠夺，而且归因于本地人对自己民族的历史失去了记忆，失去了属于自己的民族认同。小说结尾，当奥雷连诺·布恩迪亚流连在马孔多镇时，他发现整个镇子其实陷入了可怕的“健忘症”，他“找不到一个还记得他家的人，甚至记不得奥雷连诺上校了，只有那位年纪最老的西印度黑人——头发好像棉花卷、脸盘犹如照相底板的老人，仍然站在他的房门前唱着庄严的落日赞歌”。在飓风将把马孔多镇席卷而走之前，“健忘症”早就像猖獗的蟑螂和蚂蚁一样，把马孔多一点一点地吞噬掉了，“时代的遗物——马孔多还剩下的一点残渣——即将腐烂了”。所以，毁掉马孔多的不是大自然，不是飓风，而是像传染病一样的“健忘症”。一个失去记忆的民族，自己从内心就开始腐烂了。

二

从《霍乱时期的爱情》这一题目来看，好像爱情与疾病有着特殊的关系。事实上也是如此，这部小说书写的爱情是不寻常的，可以被阐释成像“霍乱”一样的传染性的无法治愈的疾病。小说中的主人公弗洛伦蒂诺·阿里沙被爱情折磨，身体上反映出的症状跟霍乱没有什么区别，他腹泻，口吐绿水，失去了辨别方向的能力，还常常突然昏厥：“情况又一次充分证明了，爱情症状和霍乱的症状是相同的……但是弗洛伦蒂诺·阿里沙的追求却完全相反：从自身的煎熬受苦中去感受欢乐。”阿里沙长达五十二年对费尔米纳的爱情守望，不仅超越阶级、超越时代，而且超越年龄和衰老，带有浓厚的乌托邦色彩。但是，霍乱在这部小说中，又不简单地等同于爱情。事实上，它是这个史诗般的爱情故事的前景与背景，无论这个爱情故事有多么柔美、动人和华丽，它是在“霍乱”的时代背景中演绎出来的。可以说，马尔克斯书写“霍乱”，是为了书写大时代精神，是为了表现拉美的现实和历史，表现拉美百年来所经历的灾难和悲患。

在《霍乱时期的爱情》中，马尔克斯没有继续沿用魔幻现实主义的写法，而是回归古典，借用十九世纪后期浪漫主义的叙事手法。在一次访谈中，他说道：“我想讲述一种人们可以珍藏心头并保持终身的爱情……然而我在这本书里写的绝不仅仅是两个老人的恋爱故事。我仔细研究了上一世纪末的许多历史著作，因为我想在描写历史事件时尽量做到准确真实，再现当时激动人心的社会气氛和时代精神，真实地反映出当时人们的生活和工作情况，穿什么样的衣服，喜欢什么花卉。”马尔克斯自己承认，他写这部小说时，受到福楼拜小说的影响，试图借鉴十九世纪的一些叙述手法，在描写浪漫爱情的同时，也反映大时代精神。

“霍乱”便是马尔克斯试图表现的大时代精神的象征。小说中有许多描写霍乱的细节，比如阿里沙的情敌乌尔比诺医生从巴黎留学回家乡后，“当他踏上故乡的土地，从海上闻到市场的臭气以及看到污水沟里的老鼠和在街上的水坑里打滚的一丝不挂的孩子们时，不仅明白了为什么会发生那场不幸，而且确信不幸还将随时再次发生”。在霍乱中，最深受其害的是底层人民，“所有的霍乱病例都是发生在贫民区，而且几乎都是在黑人身上”，因为他们的生活条件最差。从乌尔比诺医生的观察中，读者可以知道，“设备齐全的殖民地时期的房屋有带粪坑的厕所，但拥挤在湖边简易窝棚里的人，却有三分之二是在露天便溺。粪便被太阳晒干，化作尘土，随着十二月凉爽宜人的微风，被大家兴冲冲地吸进体内”。这个肮脏和破旧的环境代表着拉美文化中“落后”的一面，而留学过巴黎、受到现代理性和科学精神洗礼的乌尔比诺医生则准备用最新的西方医学技术对其进行治理和改造——预防和治疗“霍乱”的过程其实也折射着拉美民族接受现代化的过程。如果霍乱是拉美民族性疾病的隐喻，那么对于马尔克斯来说，西方的现代理性工具显然并不是治愈这一疾病的灵丹妙药，相反，它带来了等同于霍乱的战争、跨国公司对本土资源的巧取豪夺等更可怕的人为制造的“瘟疫”。

《百年孤独》写到了荒谬的哥伦比亚的内战，《霍乱时期的爱情》也同样写到了共和党和自由党之间无休无止的战争。当主人公阿里沙乘坐着加勒比内河航运公司的船，行进在马格达莱纳河流域之时，他们的船不仅遇到了一艘有霍乱病例的船，而且目睹了战争带来的灾难：“在同一天里，他看见三具尸体漂过，尸体胀得鼓鼓的，颜色发绿，上面站着好几只秃鹰……他始终没有弄明白，也根本没有人知道，那些尸体到底是霍乱还是战争的牺牲品。但那催人呕吐的恶臭，却和他思念中的费尔米纳掺和在一起。”在马尔克斯眼里，共和党和自由党之间的战争是拉美现代化过程的特殊产物，这一时断时续的近百年的内战等同于无法抑制的霍乱，带来的是可怕的灾难、死亡和毁灭。如果惨绝人寰的大规模传染性疾病的爆发会给哥伦比亚人民带来巨大的痛苦，那么战争就像瘟疫一样，给人们的心灵带来了巨大的恐惧和无法治愈的伤痕。

小说中也同样写到了香蕉工人罢工被镇压的历史事件——这又是另一种“霍乱”。当女主人公费尔米纳与她的丈夫乌尔比诺医生乘着气球时，他们从空中观察着自己原本可爱的家园：

> 他们像上帝那样从天上俯瞰古老的英雄的卡塔赫纳城的废墟。这是世界上最美丽的城市。三百年来，它的居民抗御了英国的包围和海盗的骚扰，如今却由于对霍乱的恐惧而被遗弃。他们看到了完好无缺的城墙，看到了杂草丛生的街道，看到了被三色堇吞没的古堡、石殿、金祭坛，也看到了祭坛上由于瘟疫、无人照料而被腐蚀的历任总督雕像……飞过郁郁葱葱的香蕉种植园时，费尔米纳想起了自己三四岁时携着母亲的手在林间散步的情景。当时的母亲，在同她一样穿麦斯林纱衣的其他妇女中，也仿佛是个孩子。大家都打着白色的伞，戴着纱帽。飞行师一直在通过望远镜观察世界，他说：“这里好像没有生物。”他把望远镜递给乌尔比诺医

生。医生目光所及之处，除了种植园里的牛车、铁轨、地界和干涸的水渠，便是狼藉的尸体。有人说，霍乱正在大沼泽地的村镇中肆虐。医生一边议论，一边继续朝镜筒里张望。“看来是一种非常特殊的霍乱，”他说，“因为每个死者的后脑勺上都中了致命的一枪。”

曾经是世界上最美丽的城市，现在完全被“霍乱”所腐蚀；费尔米纳童年时代关于故乡的美好记忆，如今被类似于“霍乱”的政府军队对香蕉工人的大屠杀所吞没。原本充满原始生命力的大地和茂密的森林已经被现代化的力量一点点摧毁，处处蔓延着死亡、瘟疫，还有恐怖。后来，费尔米纳由于恼怒丈夫的外遇，独自一人回到离香蕉公司很近的故乡时，沿路看到了许多悲惨的景象：“一路上到处可见在阳光暴晒下的肿胀的陈尸。市府民政兼军事长官对她说：‘是霍乱。’她清楚，她早已注意到了太阳烤灼下的一具具尸体嘴里冒出的白沫。但是她发现，没有一具尸体像乘气球飞行时看到的那样，脑后有致命枪击。‘是的，’长官说，‘上帝也在改进自己的方法。’”更可怕的是，即使有这么多令人触目惊心的惨境，当地的人们仿佛视而无睹，依然有兴致在清澈的河水里冲凉嬉戏，依然吹着手风琴，依然流连在斗牛场上。正如《百年孤独》中所描写的政府有计划有组织地抹去历史真实的记忆，在此，“霍乱”则成了国家机器试图掩盖历史真相的一个手段。马尔克斯带着极具讽刺的笔调揭示着这一历史真相：政府的残暴与镇压、帝国主义的掠夺与剥削、人们的健忘与冷漠，这一切岂不是比“霍乱”还更加可怕？

小说的最后，阿里沙等待了半个多世纪，终于在垂垂衰老时与恋人费尔米纳结合。这对走入暮年的恋人乘坐着加勒比内河航运公司的船，开始了他们甜蜜的爱情之旅，可是阿里沙惊奇地发现船的两岸已经面目全非了：

> 他发现，世界大河之一的马格达莱纳河的原河道，现在只是记忆中的一场幻梦了。萨马利塔诺船长给他们解释说，五十年的滥伐森林把河流毁了。轮船的锅炉吞没了阿里萨第一次旅行时感到压抑的大树参天的茂密的原始森林。费尔米纳再也看不到她梦中的动物了：新奥尔良皮革厂的猎人们将几个钟头几个钟头在河岸峭壁上张着大口装死、伺机扑捉蝴蝶的鳄鱼捕杀光了；随着繁茂枝叶的完结，鹦鹉的喧嚣、长尾猴及其发疯般的吼叫也逐渐销声匿迹了；有着巨大的乳房给幼畜喂奶、在河滩上像女人一样伤心恸哭的海牛，也被那些以打猎取乐的猎人用装甲子弹打尽杀绝了。

在这对情侣的航行中，他们亲眼目睹河道变得越来越窄，河水变得越来越浑浊，原来拥有参天大树的森林变成了枯焦的平地。阿里沙所直接掌控的加勒比内河航运公司的轮船锅炉就不知烧掉了多少树木，吞没了多少原始森林。他们所到之处，处处是原始森林的残迹，被遗弃的村镇的瓦砾，还有漂向海洋的死尸的恶臭。鳄鱼、海牛、鹦鹉、长尾猴都绝迹了，剩下的只是即将干涸的河道、无数的蚊虫和被污染的港口。对森林的毁坏，对动物的滥杀，对生态的践踏——这些都是拉美现代化进程带来的恶果，难道全球化和商业化本身不也像是一场无情的“霍乱”，既是传染性的，又是毁灭性的吗？即使是在描写一场惊心动魄的爱情，马尔克斯还是不厌其烦地一次次写到死亡，写到霍乱，写到如同瘟疫一样的现代性对原始生命的毁灭。这里面寄托着他对现代化和全球化的深刻反思和质疑，提醒自己的同胞，是否在走向世界、走向现代化的过程中不可避免地制造着毁灭自己的瘟疫，自掘坟墓，弹奏着自己的挽歌？

《霍乱时期的爱情》中的霍乱有着多重隐喻，它不仅是大时代精神的表现，是哥伦比亚三大灾难——战争、疾病、人为的破坏的综合象征，同时也是爱情的浪漫精神的象征，甚至是本土的拉美文化的象征。在阿里沙、费尔米纳和乌尔比诺医生的三角恋爱关系中，乌尔比诺代表着现代的理性精神，而阿里沙正好是他的对立面——非理性的浪漫的一面。乌尔比诺出身名门，血统高贵，长相英俊，属于社会名流，但从来就不相信爱情，从来都不浪漫，他对妻子费尔米纳说：“请你永远记住，一桩好婚姻中，最重要的不是幸福，而是稳固。”他相信理性、秩序、稳定，自始至终都被家庭观念和社会地位所禁锢。由于他的职业是医生，所以他认为要用西方的文明和理性的精神来治疗霍乱。跟他相反，阿里沙是一个“私生子”，出身贫困，其貌不扬，然而他相信爱情，相信浪漫，即使先后与622个女人厮混，他仍然保持着心中对费尔米纳的刻骨铭心的爱情。他年轻时爱上费尔米纳，身体上的反应竟然跟霍乱一样，以致他的母亲以为他传染上了瘟疫。他在航运公司工作，写的公务信跟情书没有两样，让他的叔叔气得差点把他解雇。不仅如此，他非常善于写情书，甚至曾经从事过专门给别人写情书的职业。他的情书不仅打动过年轻时的费尔米纳，也最终打动了丈夫死后心如死灰的费尔米纳，使她在暮年还能够动心，接受了阿里沙的爱情。情书——书写爱情、书写浪漫，这些都是与现代理性背道而驰的行为。对于阿里沙而言，爱情是比霍乱还要可怕的疾病，但是他却从来也不想治愈它，反而用一生一世紧紧地拥抱它。我认为，马尔克斯把阿里沙的爱情描述得等同爱情，是一种刻意的对古典浪漫精神的回归，通过这种回归，他把浪漫精神建筑成了最后的一个心灵家园，用其来抵御现代理性、科技发展和直线进步的时间观。

小说的最后，阿里沙命令船长挂起霍乱的黄旗，永远航行。船长问：“您认为我们这样瞎扯淡地来来去去可以继续到何时？”他问。阿里沙早在五十三年七个月零十一个日日夜夜之前就准备好了答案。“永生永世！”他说。

爱情的时间是永恒的、内心的、主观的，超越了现实中直线进步的时间。阿里沙和费尔米纳的爱情挂起霍乱的标志，他们拒绝被治愈，他们也拒绝回到现代的生活之中，这一姿态不正是马尔克斯在思索拉美的现实和历史时所刻意采取的姿态吗？

三

拉美文学中，我也爱读博尔赫斯的小说，但是，我觉得博尔赫斯更像一个“拉美的国际主义者”，他的小说更带有“宇宙主义”或者“世界主义”的风格。他的许多作品都像是世界文学作品的“故事新编”，比如《心狠手辣的解放者莫雷尔》来自马克·吐温的《密西西比河》、《双梦记》来自《一千零一夜》、《老谋深算的女海盗秦寡妇》来自菲利浦·格斯的《海盗史》，等等，写的都是“小说中的小说”，走的是全球化的路数。[1] 相比之下，马尔克斯是一个典型的本土主义者，对“全球化”抱着非常悲观的态度，有很深的忧患意识。马尔克斯在《拉丁美洲的孤独》那篇演讲中曾经说道：“面对压迫、掠夺和歧视，我们的回答是生活下去。任何洪水、猛兽、瘟疫、饥馑、动乱，甚至数百年的战争，都不能削弱生命战胜死亡的优势。”马尔克斯在写《百年孤独》时，好像对拉美民族的未来充满了绝望和悲情，不过在《霍乱时期的爱情》中，他似乎更为乐观一些：阿里沙和费尔米纳经历了半个多世纪才得到的爱情的凯旋，不就是因为马尔克斯坚信“生

1 陈众议，《全球化？本土化？——20世纪拉美文学的二重选择》，《外国文学研究》，2003年第1期。

命最终会战胜死亡”吗？

虽然我觉得电影版的《霍乱时期的爱情》离小说原著还有很大的距离，可是不管怎样，这部电影令我想起了二十世纪八十年代中国文坛对《百年孤独》的迷恋，也令我重新阅读这两部文学经典，并且在阅读中，再一次体验文学带给我的快乐。

发表于《渤海大学学报》二〇〇八年第五期

无处存放的女性心灵

——评贾平凹《带灯》的男权主义梦幻

贾平凹无疑是当代中国最有创造活力的作家之一。从《浮躁》到《废都》《怀念狼》《高兴》《秦腔》《古炉》，每一部都是真文学，每一部都十分精彩厚实，无论在社会论坛或学院讲坛我都给予很高评价。去年他又推出新作《带灯》，这部长篇小说出版之后，好评如潮。我读后也觉得结构别致，诗意洋溢，但是，整部小说框架中的男权主义倾向却让我难以接受。作为一个女性主义批评者，我应当坦率直言，我读后真的感到绝望，为优秀女性心灵无处存放而绝望，为千百年来的男性崇拜传统如此根深蒂固而绝望。

一

贾平凹的《带灯》跟他以往创作的长篇小说最不同的地方，

就是塑造了一位名叫带灯的女性形象，尤其是关于带灯这一女性的情感生活和心灵生活的描写，更是不同前响。以往贾平凹塑造的女性形象，比如《黑氏》中的黑氏、《五魁》中的少奶奶和《废都》中的唐宛儿，给读者留下更为深刻的印象是女性身体和欲望，而不是她们的心灵。她们是男性眼里娇美风流的尤物，急不可待地随时准备释放被压抑的性欲。似乎唯有通过释放爱欲，她们才可能实现自我。经历了长期政治禁欲的时代后，这类敢于正视身体和欲望的女性一度在新时期文学的作品中纷纷登场，虽然这些女性形象呈现了作家们运用原始的生命激情对政治话语进行颠覆和解构，可是由于过度沉浸于身体狂欢的描写而忽视了女性细腻的心灵世界。贾平凹以往的女性书写，也带有那个时期的烙印。

到了《秦腔》，我们看到了一个性感而圣洁的理想化形象白雪，可是贾平凹主要是透过白痴少年的眼光去看白雪，所以还未全面展开，或者说，白雪也只是一个后现代社会中濒临灭绝的乡土文化——秦腔——的象征，作者还未把我们带入白雪复杂的内心世界。可是，在《带灯》里，我们看到的是一个如萤火虫一样照耀他人的带灯，一个美丽的奇女子，一个拥有丰富深邃心灵世界的奇女子。这样的女子形象不仅在贾平凹以往的作品中独一无二，在大多数“乡土文学”作品中也是少见的。这是一个新颖的、引人入胜的女子形象。

在《带灯》中，我们看到的是两种不同形式的并置：一种以现实主义的手法描写外在的繁重而又充斥着“虱子”的乡村生活；另一种以浪漫主义手法书写的带灯内在的心灵世界。即一方面是带灯如佛般的“救世”生活，以善良之心面对一个个棘手的乡村现实中难以解决的农民之苦难的案例；另一方面是带灯孤独的、处于挣扎状态中的灵魂“自救”，试图让心灵有所寄托，最后却几乎丧失了自我而变成有夜游症的“幽灵”。可以说，一个属于“公共领域”，一个属于“私人领域”；一个属于“事功”世界，一个属于“有情”世界（沈从文语）；一个是政治的、伦理的、受现实秩序约束的社会形象，一个是自然的、精神的、张扬个体自由的女子形象；一个写实，一个浪漫；一个外在，一个内心；一个兼济天下，一个质疑社会。《带灯》的独特之处正在于“外世界”与“内世界”的并置，以及这两个世界呈现出的对话和张力，这不仅开拓了“乡土文学”的深层空间——个人心灵世界的探索（尤其是女性心灵世界的探索），而且展示了文学的“内耀”之光。

二

带灯的原名叫萤，后来不喜“萤虫生腐草”，看到夜晚中的萤火虫在草丛里飞，“啊，它这是夜行自带了一盏灯吗？”于是，她决定改名为“带灯”。她长得漂亮，喜欢穿着高跟鞋，长发像云一样地飘，很有小资的气息，在广阔的、到处横行着“虱子”

的乡村里，她显得格外特别，与贫瘠荒凉的乡镇形成鲜明的对比。带灯的身份是乡村的基层干部，被封了一个“镇综合治理办公室主任”的小官衔，主要负责处理乡村所有繁杂的纠纷和上访事件，帮助农民解决鸡毛蒜皮的麻烦事。

从她乡镇干部的工作身份和工作性质来看，带灯似乎属于“社会主义新人的女性形象”，[1] 但是她又超越了“社会主义新人”的意识形态，成为一个真实独立的个体。当她每日和竹子走访一户户贫困的乡村家庭时，我们看到的是一颗善良和仁慈的心。比如她在处理乡村事务时，有一个最基本的原则就是“善”，她对竹子说：“咱们无法躲避邪恶，但咱们还是要善，善对那些可怜的农民，善对那些可恶的上访者，善或许得不到回报，但可以找到安慰。”[2] 她不认为自己的工作目的，是为了所谓“党的利益”或者“政府的影响”，她只是具体地去解决一件件麻烦的事情，帮助需要的人办低保、发救济、争取劳保，替生病的人开药，甚至拿自己的钱去救济。面对乡村贫穷的女性们，她把她们看作自己的姐妹，所以她是乡村女性的“老伙计”，愿意分担村民们的喜乐哀苦。显然，她身上有“佛”性，有济世的胸怀，

---

1 陈晓明认为带灯的形象延续了社会主义革命文学一直幻想的引领历史前进的新人形象。见陈晓明，《萤火虫、幽灵化或如佛一样——评贾平凹新作〈带灯〉》，《当代作家评论》，2013 年第 3 期，第 15 页。

2 贾平凹，《带灯》，北京：人民文学出版社，第 208 页。

“带灯如佛一样，全身都放了晕光”，[1] 如她自己所言，“我突然想，我的命运就是佛桌边燃烧的红蜡，火焰向上，泪流向下。”[2]“我从小被庇护，长大后又有了镇政府干部的外衣，我到底是没有真正走进佛界的熔炉染缸，没有完成心的转化，蛹没有成蝶，籽没有成树。我还像鸟一样靠羽毛维护。一天的荒废光阴是不能安然的，我觉得人生也是消业障的过程，而美丽的功业就像海上的舟船载人到极乐世界，可我……”[3] 所以“镇政府干部”只是她的外衣，她的内心是靠近“佛”的。陈晓明认为：“《带灯》则放弃了道，从儒转向了佛，只是似儒非儒，他的儒中混合着重建当代政治伦理的渴望。”[4] 周作人在《我的杂学》中把大乘佛教精神等同于大禹式的入世：“佛教以异域宗教而能于中国思想上占很大的势力，固然有其许多原因，如好谈玄的时代与道书同尊，讲理学的时候给儒生作参考，但是其大乘的思想之入世的精神与儒家相似，而且更为深彻，这原因恐怕要算是最大的吧。”[5] 在“救世”的悲天悯人的情怀上，的确二者有相通之处。带灯繁忙地到处帮助他人解决问题，实际上就是一种“入世”与“救

1 《带灯》，第352页。

2 《带灯》，第350页。

3 《带灯》，第264页。

4 陈晓明，《萤火虫、幽灵化或如佛一样——评贾平凹新作〈带灯〉》。

5 周作人，《知堂回想录·我的杂学》，《周作人自编文集》，石家庄：河北教育出版社，2002年，第793－794页。

世”的佛家精神和大禹精神的表现。然而，佛光是光芒万丈的，而带灯的光只是如同萤火虫一般的微弱的光——以很小的光明处于无边的大黑暗之中，这其中的巨大落差就像“精卫填海”一样，带灯如同小小的精卫鸟，知其不可为而为之，用自己弱小的身躯来对抗危机四伏的乡村生活，以自己的刚强、真诚、执着和善良来解决各种利益争执，解决社会上的贫困和不公的现象。

带灯懂得一些“药”理，不仅会给自己开药，也会给穷苦的农民开药，这“药”的隐喻可以追溯到鲁迅的小说《药》——社会是有病的，带灯就是贾平凹心目中可以治愈当下价值观混乱的社会之病的一帖药。像萤火虫一样弱小的带灯勇于承担，怀抱沉重的社会使命感。非常可爱，也非常可敬。

三

带灯的那些属于个人的、隐私的、抒情散文式的书信是这部小说中的重要组成部分。它们充满了文学性和个体精神，透露出了现代人内心复杂的经验。带灯的内心世界，更多地展现在这些给元天亮的信里。关于带灯的人物原型，贾平凹在《后记》中详细地描述过，原来在现实生活中，确实有这么一个类似带灯的乡政府女干部，也在综治办工作，她把贾平凹当作了倾诉的对象，接二连三地给他发短信，而她的信中所显示的文学感觉和文笔得到了贾平凹的肯定，“如果草木是大山灵性的外泄，她就该是崖头的一株灵芝，太聪慧了”。[1] 这个现实中的人物原型，确实给予贾平凹写作的灵感，使他完成了《带灯》。在小说中，带灯写信的对象元天亮，是省政府副秘书长，还会写文章，当带灯第一次给元天亮发短信，他居然回信了，不仅表扬她文字精美，而且还鼓励她经常来信。于是，元天亮就这样成了带灯的倾诉对象，每次带灯给他发信，他的回复依然简短，有时也没回复。

带灯写给元天亮的信，是抒情的散文诗，是情书，是心灵报告，是她在个体想象空间中营造出的一个诗意化的乌托邦。在这个乌有之乡里，带灯得以跟现实的浊世拉开距离，不随波逐流，保持自己纯净的灵魂。写信是一种自救的方式，她需要一个倾诉的对象，一个可以寄托恋情的对象，一个可以抒发痴情的方式，一个心灵可以存放的场所。对于带灯，她自己的画家丈夫跟她的心灵距离很远，两个人的婚姻生活早已名存实亡，而她并不愿意卷入任何世俗生活中常常出现的苟且的男女关系里，比如镇长几次试图追求她，她都坚决地拒绝，唯有在给元天亮的信中她才大胆地书写自己内心的情感。她每日必须面对的琐碎繁杂的镇政府生活“常常像天心一泊的阴云时而像怪兽折磨我，时而像墨石压抑我，时而像深潭淹没我”，[2] 只有写信给元天亮的时刻是真正属于她自己的生命时刻，那个时刻，她的心是自由的、快乐的，

---

1 贾平凹，《后记》，《带灯》，第356页。

2 《带灯》，第67页。

是充满柔情与诗意的，是天马行空的。

最开始带灯给元天亮发信时，把他认作是“知己”，是“家人”，是亲戚或是邻居，是“有出息的男人，有灵性的男人，是我的爱戴我的梦想”。[1] 她起初还希望两人之间有一定的交流，至少希望对方认真地倾听她的心音，比如她在信中写道：“我拨你的电话想让你听，但我想你毕竟是忙人而我怕你不接了使我饱受打击，所以电话只响两下赶紧关掉。我不知道我是否能为你做点啥，一手握自信，一手握自卑，两个手拍打着想念你。”[2] 到此为止，均合情合理。一个弱女子，找一个男性友人倾述自己的心事，无可非议。然而，渐渐的，元天亮在带灯的心目中变成了一个“神”：“你已经是我的神，我要把这种意念当作自己的信仰和真实的假设，不想着是真实的存在，和你没有关系，这样我能轻松一些，也能放开你一些，我在生活中也能坏一些野一些。”[3] “你该是人间的大佛吧。”[4] “你是我在城里的神，我是你在山里的庙。”[5] “我的心突然觉得我是进了你庙里的尼姑。有这个想法我很是高兴和安然，同时也释然自己把自己从庸俗中解脱出来终于到达永恒的路口。我给自己有了定点和起点的，同时我也掉下

---

1 《带灯》，第43页。

2 《带灯》，第107页。

3 《带灯》，第85页。

4 《带灯》，第107页。

5 《带灯》，第171页。

几颗泪。像天空艰难刮落浮虚的酷霜让天空走向肃穆和冷静。让我在你的庙里静心地修行，边修边行。”[1] 在这些隐秘的书信里，带灯把元天亮从一个真实的人逐渐想象成一个“神”。她对一个活生生的男人的痴恋，已经不同于普通意义上的异性恋或柏拉图之恋，而是进入到一个有着宗教信仰意味的氛围里，希望这位“男神”能够赋予她精神和灵魂的提升，引领她超越现实的苦难。

本来一个弱女子在超负荷的情况下，向一个男性朋友倾述自己的心境，企求一点慰藉与帮助，这是完全可以理解的。然而，在贾平凹的笔下，这个弱女子的倾述都变成了一个弱女子的“求神拜佛”。男性的形象被无限夸大、美化、神化，而女性的形象则被刻意地压缩、卑微化、弱小化，二者变成女性仰视男权的“佛尼（姑）结构”和“庙尼结构”。带灯干脆把元天亮比作“庙”，自己是庙里的小尼姑。从始至终，元天亮在带灯心目中的形象一直是高不可攀的，是“河岸边的大山，是依靠和方位”，[2] 是天上的星星，是“心存气魄的云”，是“接天坐地的大佛”，是她“心的归宿情的家园”，同时元天亮的形象又很具体：“你是学者是领导，而谁又说过圣贤庸行的话，所以我总觉得我和你在厮跟着，成了你的秘书、书童，或是你窗台上养着的一盆花草，

1 《带灯》，第 194 页。
2 《带灯》，第 124 页。

或是卧在门后桌前的小狗小猫。”[1] 不管元天亮在带灯的信里，是以真实的男性形象出现，还是以虚幻的“佛”的形象出现，他都是一个很有权力很有神性的被夸大被美化的形象。贾平凹笔下的带灯总是依赖这个男性的“他者”形象来提升她、拯救她，来赋予她精神的力量，而她总是一个卑微、次要的配角，一只跳不出佛的五指山的猴儿。在一封信中，带灯写道：“而女人们一生则完全像是整个盖房筑家的过程，一直是过程，一直在建造，建造了房子做什么呢？等人。”[2] 女人永远在等待男人，等待他者，等待佛的救赎，这种“被动”的姿态揭示了带灯内心世界还不够强大的一面，也突出了贾平凹作为男性作家的习惯性思维方式，即男性居高临下、呼风唤雨的方式。虽然贾平凹也试图把带灯在内心世界中的畅游描写得如同“山中不安分的幽灵”，是自由自在的，但是带灯的内心总是有所依赖，还总是希望有外力来拯救她，有个外在的神来替她遮挡外界的雹冰蚀雨。也就是说，在《带灯》的“私人领域”里，个人乌托邦全靠强大的男性来支撑，她的主体性卑微之极，全得仰仗男权世界来支撑；带灯自己就像是一个依赖在狮子身上的虱子，就像金刚身上的小泥菩萨。

即使带灯把元天亮想象成人间大佛，佛也未曾度她出苦海。

---

1 《带灯》，第335页。

2 《带灯》，第147页。

然而，如果带灯的修行完全依靠自己，完全依靠自己的禅悟，那她也许会明白佛就在自己心里，而并不在元天亮那里。也许正因为过于依靠“他者”，带灯自己也意识到“我到底是没有真正走进佛界的熔炉染缸，没有完成心的转化，蛹没有成蝶，籽没有成树”。[1] 最后，在丑陋龌龊的现实面前，带灯似乎没有足够强大的内心力量继续支撑下去了。在元家兄弟和拉布兄弟的恶斗中，她不仅身体被暴力而荒诞的现实所伤害，精神上也受到了致命的打击。她患上了夜游症，她真的病了，从发光的萤火虫变成了黑夜中自己也不知方向的幽灵了。带灯最后的幽灵化，解构了贾平凹理想化的抒情话语，让读者感到现实的无奈：说到底，带灯的心灵仍旧无处存放，她最终还未找到精神的家园。我认为带灯最后“失败”的原因，不仅是因为现实过于残酷、过于荒诞，而且因为她的个体的乌托邦完全建立在男权主义的话语上，所以还不能引领她走出现代女性的心灵困境。

四

尽管我一直是贾平凹的忠实读者，可是在带灯的身上，我没有看到希望，反而看到了绝望。贾平凹所描述的带灯的心灵世界，实际上还是一个男权主义的乌托邦。在这个男权乌托邦里，

---

1 《带灯》，第264页。

想改变现实世界的女英雄只能是男性门后桌前的“小猫、小狗”，是“窗台上养着的一盆花草”，她再有本事，也跳不出男权的五指山。与其说是佛法无边，不如说是男法无边，其光芒万丈自然掩盖了带灯那如萤火虫一样微弱的光芒。有菩萨之心的带灯始终屈从男性中心的设置，其实可以一直追溯到《废都》中的男性话语霸权以及作者的自恋复自怜的心态，这种心态所表现的女儿观，延续了《金瓶梅》《肉蒲团》中的男性崇拜，把男性偶像化，而把女人只看成是男性的附庸或烘托——与《红楼梦》中“女性崇拜”的女儿观相距甚远。在曹雪芹的笔下，女性是“极尊贵、极清静的，比那阿弥陀佛、元始天尊的这两个宝号还更尊荣无比的呢!”我们不能要求贾平凹也拥有曹雪芹的女性观，可是我们有理由向贾平凹提问：一个优秀女性，她只能是阿弥陀佛、元始天尊脚底的小尼姑或小猫、小狗吗?

二〇一四年七月于北京

附录

捡回文学的记忆

——答《西湖》文学月刊刘涛问

1. 您硕士即到美国读书，博士毕业后留在美国教书。若从晚清派遣留学生开始算起，您有没有想过您这一代留美学人的历史境遇？

如果从十九世纪七十年代的晚清派遣留学生算起，中国的留美学人一拨又一拨，无论是回国报效祖国的，还是定居美国的，已经有许多代了，值得史学家专门做留学生历史的研究。因为我是学文学的，我更重视从“留学生文学”的角度来看不同时代的留美学生的历史境遇与心路历程。

晚清的留学生文学大多延续梁启超倡导的“政治小说”的思路，通过文学来建设新的国民，或是延续晚清“暴露小说”来鞭挞社会的黑暗。我的业师王德威教授写过一篇题为《贾宝玉也是留学生——晚清的留学生小说》的文章，谈到《新石头记》，还有《苦学生》《东京梦》《东欧女豪杰》等晚清留学生小说。比如《新石头记》（1909年）中的贾宝玉和林黛玉都成了留学生，最有意思的是，林黛玉变成了学者，不再那么多愁善感，而是非常理智，还告诫宝玉，在国难当头之时，要专心求学，以报效国家。最后宝黛奉旨成婚，成了中国近代史的第一批“海归”。总的说来，晚清的留学生小说以国家和社稷为重，留学生形象只是当时社会的投射和反映，连最“痴情”的宝玉和黛玉也被改写成以学业为重的留学生，把“情”搁置在次要的地位。

五四时期虽然张扬“个人主义”，可是那个时期的留学生文学也还是被笼罩在沉重的“国家危机”的阴影下，个人主义与国家主义紧密相连。比如“五四”时期郁达夫的《沉沦》，把留学生的性幻想、性心理和性苦闷等等全都归罪到祖国的不强大，最后走向大海，还要说“祖国呀！祖国呀！我的死都是你害我的”。虽然郁达夫已经非常大胆地写到了个人的私人空间，写到了非常隐私的性爱，但还是要把个人的性心理与民族主义联系在一起，在我们现在看来，很是矫情，可是这不仅说明当时的个人主义还没有完全发展起来，还总与“大我”紧紧相连，而且说明当时的留学生在异乡的苦闷的源泉还是对国家和故土的眷恋。

六十年代涌现出一大批台湾背景的留学生文学，如白先勇的《芝加哥之死》和於梨华的《又见棕榈，又见棕榈》。这一时期的留学生文学还是延续了所谓“涕泪飘零”的海外文学传统，但是跟五四时代的郁达夫的《沉沦》不同，他们的苦闷来源不是国家主义或者民族主义，而是文化上的认同危机。同样写到留学生的自杀，同样写到留学生的性苦闷和性心理，白先勇的《芝加哥之死》着眼的更多是个体在文化认同危机下的孤绝状态，不是强调留学生在异域所感受的种族压迫，而是强调个体的无所适从与分裂状态，有着对人生的终极意义的探讨。

我这一代留学生的历史背景离不开改革开放后的八十年代的文化热的熏陶。八十年代末我在北大中文系读书，受到很多西方文学文化的影响，只是想出国继续深造，后来留在美国教书，也是很自然的事情。在美国生活，当然也感受到文化认同危机，可是我觉得我们这一代基本上摆脱了“涕泪飘零”的模式，更像是查建英小说中所定义的介于中西方文化之间的“两栖人”：“这类人来在两种文化、两个世界之间，经验到了两种在某种意义上分别自圆其说的现实和思维方式，而又很难彻底融入其中任何一个或与之达成较深刻的和谐。”这种“两栖人”的好处就是在两种文化的中间地带找到了一种很强烈的自由感。我是学文学的，需要写作和思考的自由空间，所以更是拥抱这种自由感。

你也可以从我的描述中发现，经过这么长的历史变迁，留美学人的心路历程可以概括为从“国家主义”“民族主义”逐渐回归到个人主义。晚清和“五四”时期的留美学人比较少，物以稀为贵，又正值中国处于危机状态，所以留美学人大多选择回国，都想成为国家栋梁之材。到了我生活的年代，中国和谐发展，摆脱了国家危机感，留美学人又越来越多，无论是回国还是留在美国，都属于个体的选择，是个体的一种生存状态。就我自己来说，我完全没有“中心人”的心态，而基本是一个“边缘人”的心态。

2. 您在《我在美国的教学生涯》中说，自己更认可老师，而不是学者。我非常感动，中国学人的情怀跃然纸上。除工作之外，您觉得在美国教授中国文学的意义何在？

我从小就喜欢教师这个职业，大概跟我的家庭背景有关。我父母两头的亲戚加起来，一共有十五位都是教师，或者是大学教授，或者是中小学教师。我从小就认为教师这个职业很神圣、很美好。有的行业如为商、为官，往往会付出人性的代价。相比之下，教师的职业单纯得多，总在校园里，面对的是孩子，所以比较容易保存美好的人性。我一直感到我选择学文学是很幸运的，我一方面教我爱的文学，一方面又研究我爱的文学，在文学的这个天地里畅游，可以更接近真、善、美的境界，可以和尔虞我诈的泥浊世界拉开距离。

我在哥伦比亚大学读博士时，夏志清先生常常跟我们聚会聊天。我记得他曾经很感慨地说，现在的学人对培养人才已经不重视了，只重视自己的功成名就，这是很自私的。我当时还没有开始工作，还不能完全理解，只是在旁边礼貌性地点点头。等到自己当上教授后，才明白夏先生这句话的含义。美国大学给教授的压力很大，除了教书以外，还要做行政工作，并同时需要有研究成果才能拿到终身教职。在这么大的压力下，当然大多数人就只好牺牲教学质量，而拼命写自己的学术著作。因为教书育人是需要有奉献精神的，是一种纯粹的付出，不见得有任何回报，而学术著作则可以给自己带来荣誉。可是我觉得，既然选择教书为自己的职业，那么首先就得具备最起码的职业道德精神。

如果说，在美国教授中国文学有什么意义的话，我想还是起到“文化传播”的作用。说实在的，我们中国读者通过翻译，能读到的外国文学作品实在太多了，比如每个诺贝尔文学奖的作家只要一拿到奖，他或她的小说就马上被翻译成中文，并且马上就有很多的评论文章，可是我却发现美国人对中国文学的了解少得可怜，没有多少人知道鲁迅与张爱玲，中国文学作品的翻译也很有限，这是一个文化交流中很不平衡的怪现象。大多数的美国人都不关心中国文学，对中国文化也很有偏见，这就是为什么美国媒体总是“妖魔化”中国的缘故。我和我的同行们在主观上只是想教好中国文学，不过客观上也可能帮助美国学生消除对中国文化的偏见。

3. 您的大著《革命与情爱》译成中文后，反响颇好。您当时为什么选择“革命与情爱”这一主题作为您的论文？

《革命与情爱》是在我的博士论文的基础上修改提高而成的。王德威老师很鼓励我们自己找题目，鼓励我们用史论结合的方法来作研究。他不仅要求我们这些学生对西方理论要有最起码的了解，而且要求我们细读大量的中国文学作品。正好那时候，王老师在写《被压抑的现代性——晚清小说新论》，我在他的指导下，读了很多晚清小说，发现政治小说和狭邪小说“并置”在同一历史时期中，所以很想做“革命与狭邪的对话”。没想到有一次跟夏先生说起这个题目，他很不以为然，告诉我这个题目“大而不当”，而王老师也让我要“深挖一口井”。那时，我就想起了二三十年代的“革命加恋爱”这个小说类型了，好像一直都没有受到研究者的重视，而从这个角度看情爱与革命相互之间纠缠不休的关系是再好不过的了，而且这个主题实际上贯穿了中国现代文学的整个二十世纪。

当时我读了蒋光慈的《冲出云围的月亮》，感到非常震撼，因为它跟我以前脑海中的左翼作家的文学作品完全不同，居然把女性的身体当成革命的武器，连“梅毒”也可以当作反对资产阶级的武器，情爱与革命之间根本就不互相冲突，反而互为激励，充满了浪漫精神，跟后面的几个历史时期的情爱与革命的关系很不相同。我以前在北大上过黄子平老师的一门关于“主题学”研究的课，很有启发，于是就决定从主题学的角度来做“革命与情爱”这个题目。有意思的是，在美国文学中，性与政治之间的关系更多的是政客与情妇之间的性丑闻，不像在中国文学中，性与政治在不同的历史时期有着不同的关系与内涵，既包含理想与现实的冲突，又包含个体与群体的冲突，相当丰富，可以写的东西非常多。

4. 您在《革命与情爱》中译本前言中说：“可以说，我在本书中试图探索的，不是简单的身体政治，不是简单的肉体崇拜与狂欢，而是个体生命在革命的大时代中充满艰辛与内心挣扎的精神历程。”为什么偏向于“个体生命在革命的大时代中充满艰辛与内心挣扎的精神历程”这样的视角？

在北大的第四年，我们拿到大学学位之前要写一篇论文，我那时的题目是“现代的分裂人”，把许多现代文学作家都写了进去，但是当时的想法还很幼稚。后来做博士论文，读的现代文学作品越多，越觉得中国现代文学史充满了“现代的分裂人”，处处皆是个体生命在大时代中充满艰辛和内心挣扎的精神历程。每个中国现代作家在“国家危机”的大语境下，即使有个体的追求，有个体的情爱，都不得不压抑下去，都不得不献身给更大更高贵的社会理想，个体的自由空间少得可怜。以前只是觉得像鲁迅这样的作家是“现代分裂人”，因为一方面他富有中国知识分子的责任感和使命感，写了批判中国国民性的如《阿 Q 正传》这样的作品，另一方面他也有像《野草》这样的现代主义的文学作品；一方面他是积极的现代启蒙者，可是另一方面他却时刻感到孤独与绝望。后来读了夏济安先生的《黑暗的闸门》，才发现连那些完全献身于革命事业的左翼作家，如瞿秋白、茅盾、丁玲、胡也频，也一样内心充满了冲突和焦虑，正因为此，他们的文学作品才不是以往文学史所描述的那样，仿佛只有一种革命的声音，而是充满了矛盾、张力和挣扎。

我的副标题中包含“女性的身体”，从这一中介来看左翼文学对革命与情爱的再现。在我写作期间，关于身体政治的西方理论有很多，可是我觉得这些理论主要谈的都是话语层面上的，而没有触及身体本身的伦理性与复杂性，尤其是个体生命在革命的大潮流中必须面对的真实的现实。所以我在写女性身体时，看到的更多的是它的游离性和丰富性，比如蒋光慈和茅盾笔下的女性身体就非常不同，而女性作家如白薇在面对自己被大潮流所重创的身体时，发出的那种让人撕心裂肺的呐喊，更是独特的，不是用西方理论所能生硬而简单地阐释的。

5. 您是双语写作：英语写作和汉语写作。对您而言，二者有冲突吗？双语写作对您意味着什么？

我读完北大中文系才来到美国留学，所以中文比英文好。即使在美国生活了将近二十年，我还是更喜欢用中文写作。对我来说，英文写作和中文写作还是有冲突的，我常常有顾此失彼的焦虑，这跟我的水平有关，想要达到两种语言写作的“无差别境界”，可能还得修炼许多年才行。可以说，英语写作和汉语写作带给我的感受很不同。英文写作很讲究逻辑性，尤其是我的英文写作主要是以学术论文为主，那更是得从 A 到 B 再到 C。汉语写作则给我的空间更大，发挥的余地也更大。不过也许是因为汉语是我的母语，所以写起来更有感情，也更加得心应手吧。谈起双语写作，林语堂的“两脚踏东西文化，一心评宇宙文章”做了很好的概述，而对我个人而言，在东西文化和语言的写作中，我面临的是不同的挑战，面对的是不同的读者群，而得到的也是不同的快乐和享受。

6. 您既写学术性著作，又写较为散文性的著作，比如《狂欢的女神》。您为什么要同时写作这两种类型的作品？

我记得弗吉尼亚·伍尔夫在写《奥兰多》这篇小说时，曾称为是“写作者的假日”，而我在写散文性的作品时，也是这种感觉，好像在给自己放假，写作时是轻松愉快的，思维也是活跃的，不需要受到任何学术范畴和学术概念的限制。正因为这种快乐，我更愿意总是流连于学术性著作和散文性著作之间，做一个文体之间的“游荡者”，将来我还要试着在更多的文体之间游荡。

《狂欢的女神》中的一些散文性作品，都是我在教书和作研究的业余时间里，看电影读小说积累下来的一些心得，这些心得不足以写成中规中矩的学术性文章，于是我就用散文的方式记录下来。我的学院派的背景也激发我把一些西方理论深入浅出地融汇在散文里。因为散文更接近生命本身，所以我在散文创作中觉得更能发挥自己的潜能。

7. 我注意到您比较倾心于性别政治和性别研究。您为什么对这种理论情有独钟？

因为我自己就是女性，自然更关心女性的命运。我注意到国内许多女作家和女艺术家都常常强调自己不是一个“女性主义者”，我不知道为什么需要做这样的声明，我想也许是她们误以为所有“女性主义者”都是极其偏激的，都是像《女娲石》中的女革命党是绝对排斥男性并向男性开战的。事实上，女性主义理论也多种多样，并不是单一的。不过，我觉得西方的性别政治和性别研究比较重视话语和符号层面，而不大重视女性在现实中的原生活状态。我则更愿意把眼光放在女性的真实的生活层面，只有从这里出发，才能发现女性研究中实际上有许多悖论是无法解决的，这样一来，也就明白其实没有任何一种性别政治和性别理论能够完全解释女性在不同的历史空间中的生存状态与生存危机，任何理论都有其局限性，都不可能是“放之四海而皆准”的。

8. 您和刘再复先生最近的著作《共悟红楼》，我尚未读到。您可否向我们略作介绍此书？

我和父亲在《共悟红楼》的对谈包括许多方面，比如《红楼梦》的精神内涵、题旨选择、哲学意蕴、女儿性与女人性的冲突、女性的历史视角、父与子的冲突、红楼女性的文化类型、异端与荒诞意识，等等。就像我在后记中所说的，我在这本书里主要充当的是一个“听者”，因为我对《红楼梦》的研究还很浅，不像父亲这几年完全沉浸在对《红楼梦》的思考和感悟中，一气写下了“红楼四书”，也就是《红楼梦悟》《共悟红楼》《红楼人三十种解读》《红楼哲学笔记》。用父亲自己的话来说，他是想通过“悟证”的方式，“把《红楼梦》的讲述，从意识形态学的意境拉回到心灵学的意境，尤其是从历史学、考古学的意境拉回到文学的意境，做一点‘红楼归位’的正事”。

作为一个“听者”，我的收获也很大，最大的收获是捡回了自己对文学的记忆。在美国学院派里这么多年，好像一直都在读西方理论，关心的更多的是话语霸权和文化政治，离文学越来越远。我在一篇散文中谈到了美国学界中的这种“集体遗忘症”：

“我们这些文学专业者，个个都着迷地讲着政治话语、文化话语，满口都是世界版图、话语霸权、后殖民主义等大概念。除此之外，在课堂上、文章中和种种学术讨论会上，也一律都是大概念，无形中，政治话语竟统治了我们的文学领域，我们这些文学人突然变成了女权主义、解构主义、后殖民主义……各种主义的载体，并在美其名曰‘跨学科研究’的名义下，去研究自然科学、政治经济学、人类学、传媒学、视觉艺术等等，写书写文章，选题都是如此，不知不觉中，我们全忘了自己的本色，忘记我们原本是研究文学的。于是，读的文学作品越来越少、文章越来越空，有论无史，有道无味。在大风气中发展至今，我自己的角色也发生了混乱，几乎也要在自己的案头墙上贴上‘文学研究者’的标签，才会想起当年进入北大中文系课堂的那个原初的角色，那个读《诗经》、读《楚辞》、读唐诗读宋词、读莎士比亚、读托尔斯泰的角色，倘若没有那个标签，我可能整天在福柯、德里达、利欧塔、萨义德等理论圈子中转来转去，东奔西突。我并不是完全否定这些人的价值，但整天沉迷其中，毕竟远离文学了。”

和父亲对谈《红楼梦》，不仅使得我回归文学经典，而且找到了这么一个伟大的文学坐标来重新审视自己的教学和研究，找到了回归文学的幸福。从方法论的角度讲，我明白了应该如何“由博返约”，如何穿透书本和知识而获得有所悟的真思想。

如果说，我在这本书里有一点小小的贡献的话，那就是从女性主义的角度来看《红楼梦》，不仅看到作者把“女儿性”放到那么高那么神圣的地位，也看到了其独特的女性历史视角。当然，我也提出了我自己的质疑，那就是作者在张扬“女儿性”的同时，是否把“女人性”过于贬低与压抑了？从这一点也可以看到父亲和我在“女性主义”观点上的对话，他太喜欢带有“神性”的不受任何世俗污染的女子，这样的女性是审美的化身，是能够引领男性飞升的“女神”，像林黛玉那样，是充满灵气和精神气质的。我当然也很喜欢这样超凡脱俗的女性，但是我却更关心被真实的生活所捆绑所局限的活生生的女子，在她们的沉沦与无奈中，我更能够体会到作者对女性生存状态的关切。

9. 您对中国当代文学亦关注较多。此前读过您谈余华《兄弟》上部的文章，即《先锋对人性美的妥协》。你对《兄弟》下部的评价如何？

余华的《兄弟》（下）在国内和国外得到的评价非常不同。

我听说国内的评论家对《兄弟》（下）的评价很不好，可是国外正好相反，好得不得了。我在哥伦比亚大学读博士班的同学 Carlos Rojas 和他在哈佛大学教书的太太周成荫教授把《兄弟》上下一起翻译成一本厚厚的有六百多页的英文书，在欧洲和美国的反响都很好。美国的评论家莫林·科里根认为余华拥有神奇的狄更斯天赋，“《兄弟》描述的社会和人物是如此外露的夸张，以至于读者有时候可能感到他们在阅读童话，甚至是色情打油诗，但是这种具有自我意识的叙述所传达的感情却是强烈而真诚的。”余华从一位非常重视语言和形式革新的先锋派作家转变到所谓“狄更斯式”的作家，这个转变实在是巨大的。在我看来，余华是一位很具有原创力的中国当代作家，每一部作品都在超越自己以前的写作模式，他的《兄弟》（上）如果是“先锋对人性美的妥协”，那么《兄弟》（下）则是对“人性恶”的世俗画面的真实呈现，把中国当代社会的“丧魂失魄”写得很彻底，无论是“不洁”的李光头，还是代表“洁”的宋钢，在商品社会的浪潮中，全部都迷失了自我，全部都丧失了灵魂。

上个月，余华正好到我们马里兰大学演讲，他谈到在写《兄弟》时，不是用“医生”的眼光，而是用“病人”的眼光看社会。这个讲法很有意思，因为中国现代文学从鲁迅开始，作家们都是用“医生”的眼光来诊断中国的征候，来批判中国的国民性，那是从上往下看的眼光，诊断后还有给出疗治的药方，所以是有“启蒙者”的姿态的。如果余华在《兄弟》中是以“病人”

的眼光来看社会，那么说明，他已经放弃了这个“启蒙者”的姿态，而是把自己也看成是这个社会中的一个病人，一个需要自救的病人。我想这就是为什么他认为在《兄弟》（下）中用“我们”的叙述角度更能全方位地表现当代社会的景观，也是为什么我们读了《兄弟》（下）后感到非常荒诞，好像整个社会都“病”了，但是却没有任何出路，没有任何关于“救救孩子”的呐喊。

我一直没有写《兄弟》（下）的评论，并不是因为我认为《兄弟》（下）写得不好，而是从我自己的审美趣味出发，在接受上有些困难。尤其是从女性读者的角度出发，我对小说中关于“处女膜”的大量描写以及宋钢的“丰胸”都很难接受，这些描写已经超出了我个人的审美接受范畴，与我的女性观念有了明显的冲突。当然，也许正因为此，《兄弟》（下）达到了一种瓦解现存的审美经验的极其荒诞的社会小说的效果。

10. 您对阎连科亦很关注。您可否略谈一下对阎连科的总体评价？

我可能是第一位用英文写阎连科小说评论的海外学者，也就是说，虽然国外的报刊曾经报导了阎连科的名字和他的一些很受争议的小说，但是还没有太多的学者真正去关注他的文学作品。我喜欢的当代文学作家很多，每个学期我都会开课介绍这些作家和他们的作品，跟学生们一起细读他们的文字，在这些作家中，阎连科是非常有特色也富有原创力的一位。

我的一些朋友很喜欢阎连科的那些表现“红色幽默”的反讽“毛话语”或者“毛文体”的小说，如《坚硬如水》《为人民服务》等，我却更喜欢他的《日光流年》《受活》《风雅颂》。尤其是《受活》，我觉得是超现实主义与现实主义最好的结合，不仅有深刻的现实意义，从叙述技巧的角度来看，也很有超现实的创意。我自己很喜欢马尔克斯的《百年孤独》，既有超越现实的“轻”，又有与现实和历史息息相关的“重”，这种结合是很难做到的。那些完全玩弄技巧和语言的现代小说，我读了后，很难有共鸣，而太过厚实的写实的作品，一直是中国现代文学的主流，让我们多多少少有点“审美疲劳”的感觉。所以，在我看来，像《受活》这样把二者结合得这么好的作品非常少见，尤其是作品中“入世”与“出世”的寓意很深刻，把鲁迅和周作人两种代表中国知识分子选择的矛盾都写进去了。阎连科的《丁庄梦》虽然直指社会的敏感问题，但是在写作技巧和文学想象上，没有达到《受活》时候的水平，直到《风雅颂》才又让我们感觉到他独特的文学风格。总体来说，我认为阎连科用非凡的力度，来描写现实的荒谬，却给予读者极其真实的感觉，为中国的当代荒诞文学增添了一块重要基石。

《两地书写》的快乐

——答《深圳晚报》崔华林问

关于《两地书写》

1. 序言中提到，您父亲将跟您之间通信视为“精神生活的一部分”，想问下这些通信之于您的生活是怎样？

我从小就喜欢文学，后来考上了北大中文系，然后出国留学，这些书信是在留学期间和刚开始工作时写的。当时我住在纽约，在哥伦比亚大学读东亚系博士，导师是王德威先生，毕业后就到马里兰大学任教。我父母定居在科罗拉多州的波德市。因为我属于“子承父业”，跟父亲就有很多共同语言。在对我的教育中，他一直都非常重视对我“性灵”方面的培养，因为文学是关于心灵的事业，而学文学的人首先应该拥有一颗大慈悲的心灵。与父亲的通信，当然是我精神生活中重要的一部分。当时海外汉学界流行西方理论，对中国文学的研究常常要用玄奥的西方理论来分析，“言必称希腊”，而且很多课程的必读书都跟文学无关，而是跟话语政治有关，我感到很隔，也感到很沮丧，觉得跟我最初学文学的初衷有很大距离，甚至有了改行的想法。这个时候，父亲跟我的书信对话变得很重要，他不仅让我坚守住了对文学的追求，也让我明白很多人生道理。记得在《两地书写》的“论不隔之境”中，他告诉我，作为知识人，先是要拥抱知识，接着还要穿透知识、提升知识。做学问要面对真问题、真生命，就像王国维说的“能写真景物、真感情，谓之有境界”。而且他告诉我，真正的好的学问是跟生命相衔接的。通过书信对话，他其实是在点悟我。

2. 看得出来，全书中的交流涉及历史、文学，主谈学问，同时又侧重心灵，而非侧重于知识。请问这是父女之间有意为之还是默契？

应该是默契吧。我平时虽然很喜欢跟父亲讨论学问，也很喜欢跟他讨教关于人生的感悟。他对我的期许，是不仅有学问的根柢和学问的功力，更是要有灵魂的根柢和功力。在他看来，优秀的学者，一般都需要有底气、有胆气、有正气，而这正气都与心灵的根柢相关，这种强大的心灵，是不会被时势、权势和金钱所左右的。在我们这个物欲横行的时代，父亲所强调的这一切，变得尤其重要，尤其可贵。

3. 既然是家书，很容易让人产生联想和比较，比如《傅雷家书》和龙应台《亲爱的安德烈》，很多人表示《两地书写》既没有前者的父辈的教训，又比后者更“高深”，主谈学问，请问您怎么看？

《两地书写》最初出版时，只有《傅雷家书》，还没有龙应台母子的《亲爱的安德烈》。比起《傅雷家书》，我觉得主要的区别是我父亲没有刻意地着“父亲相”，而是把我当成一个有独立思考能力的人来进行对话。相对来说，傅雷作为父亲的权威地位是不容置疑的，我父亲则更民主一些，愿意跟我平等地探讨问题。其实，在我读中学时，他就已经这样对待我了。他在八十年代写《性格组合论》时，会把书中具体的思想用浅显的语言说出来，然后问我有什么意见，虽然当时我还小，可是看他那么认真地问我，就很受鼓舞，不仅说出自己的观点，而且敢于跟他争论。其实，他的这种方式很接近美国人教育孩子的方式，培养孩子的自信心，以及独立的思辨能力。《亲爱的安德烈》更重视情感，而我和父亲的《两地书写》更重视做学问和做人。

4. 该书后记中提到，您父亲“逼迫”写作时，其实当时您处于一个非常忙碌的状态，而中文写作又不能为您带来工作上的便利，您起初答应跟父亲写这类通信是怎样的情形和心态？

我当时主要在英文环境中，无论是读哥伦比亚大学的博士学位还是在马里兰大学任教，都主要是用英文读书，用英文写作，还得用英文教书。可是因为我最早是从北京大学中文系毕业的，中文又是母语，我的中文写作绝对好过英文写作。又因为漂流在国外的缘故，漂流本身也包含着语言的漂流，用中文写作可以说是一种“寻找家园”的方式，尤其是寻找精神家园的方式，所以我跟父亲用中文通信，心里是快乐的，即使在考博士和评职称时都不能算作“业绩”，可却是一种内心的需求。

5. 这种书写方式持续二十年下来，您现在跟父亲交流和通信的心态是否与最初时发生了变化？

这种书写方式一直持续到我们父女一起为《亚洲周刊》写专栏。可惜我后来身兼数职，又要教书，又要做学问，还要照顾一双儿女，就没有再继续跟父亲用书信交流，而是改成用电话交流了。不过，我还在继续用中文写文章，而父亲总是我的第一读者。我们后来还写了长篇对话录《共悟红楼》，一起对话曹雪芹的《红楼梦》，还有《教育伦理》，一起对话当前中西教育存在的问题，虽然不同于《两地书写》，可是这两本书也以另外一种方式延续了我们父女之间的对话。

父女之间

1. 现在回过头来看，走上文学道路，是否与父亲的影响有关？

当然有关系。我非常感谢父亲把我领进了文学世界，因为现实世界充满了困境，人们的心灵往往没有存放的地方，有了文学，我的心灵就有了存放的地方。我在《两地书写》中的这段话可以回答你的这个问题：

“感谢您终于使我爱上了文学。这一工作使我比旁人多了一个世界。这个世界如此迷人。它的最深处的内核，是真的永远不会熄灭的人性的太阳。它的光芒抚慰着人间，也抚慰着我，叫我做人要丰富，但又要单纯、善良，对人永远不要失去信念。它让我在充满欲望的世界中不会迷失自我，并多了一种视力看待人生，多了一副‘诗意心肠’珍惜人世间所有的真情和爱意。”

2. 您很幸运，有这样一位父亲在前面带路，似乎您一路走来都很“顺”，也很“正”，偶尔会有过撇开父亲影响的想法吗？

我有个小时候一起长大的朋友，她的父母也是名人，可是只要别人一提到她父母的名字，她就很恼火，觉得对方没有尊重她，而只是重视她的名人父母。我小时候当然也有想摆脱父亲影响的时候，那时候比较叛逆，不过后来理智地想一想，父亲说的话都有道理，对我的人生方向有好的引导，让我少走了很多弯路，我就慢慢听进去了。我不能为了叛逆而叛逆，因为那样反而是“媚俗”。

3. 您跟父亲之间的关系，您觉得用什么词语或句子来形容会比较恰当？

父亲说我属于他所热爱的那个世界，我也一样。我们所热爱的那个世界是明心见性的世界，是可以容纳生命本真的世界，用他的话来说，“这是一个赤子之心可以纵情微笑、漫游、言说的地方，是一个形而上思索可以展开自由双翼的地方”，是文学的世界，是精神深层的世界，是不被金钱和权力束缚的世界。

4. 看到一句评论，很有意思。说一个是在情感和审美上如赤子的父亲，他在这个最纯正意义的文学上的追求更加热切和纯正，那当然是“虽九死而犹未悔”。一个是尊重、理解父亲，并对其做一定阐说的女儿。只是，女儿的语言是学理的，结论是学理的，父女间存在着一个很别致的“和而不同”。当然，我们也在书中看到了在一些具体话题比如女权问题上的“不同”。另外，感觉父亲更多是“灵”的层面，反倒是作为女儿，提到比较多世俗的“铁饭碗”“文丐”之类，这点比较有趣。在您看来，跟父亲之间的“和而不同”分别在哪里？

这段评论说得很准确。那个时候的我，真是中了太多西方学术理念的毒，还执着于一些理念，还没有真正达到父亲对人生的大感悟的境界。父亲说我有灵气，不愿意我被那些学术话语捆绑，所以通过书信的方式来开启我，让我后来逐渐对人生、对学术、对文学有所领悟，慢慢走向更加“灵性”的层面。现在我回头读这本《两地书写》，觉得父亲真是用心良苦，他自己当时正在经历“第二人生”，有很多人生经历和人生感悟都想与我分享，可是发现我还没有具备穿透知识和穿透书本的能力，就耐心地一封封信写给我，从各种角度来点醒我。

5. 在书中，看得出来，您对父亲有一种很强烈的天然的信任，无论是生活之困、学术之疑、人生之问，您都能坦诚地将这些问题与父亲共同解决。请问您是如何保持这种信任长久不被破坏的？要知道现在的一些年轻人根本不愿意和父母交流。

“五四”以来，我们对于父辈的文化都是采取质疑和批判的态度，以为那样就是进步，那样就是革命，到头来我们的传统文化经过一次次“弑父情结”，一次次革命与摧毁，所剩下的几乎是一片废墟了。其实父辈的文化和价值观一定有值得我们借鉴和学习的地方，所以我对于父亲，首先是继承，然后才是质疑和挑战。不过，我和妹妹跟父亲的交流特别好，也跟他从来不刻意摆出父亲的权威有关，他非常和蔼可亲，有时候甚至“以幼者为尊”，充分尊重我和妹妹的想法，喜欢鼓励我们独立思考，这种姿态很容易就赢得了我们对他的信任。

其 他

1.《共悟人间》被列入香港中文大学的书单，您如何看？

我和父亲很高兴，因为我们都认为大学教育中价值理性应该是第一位的，价值理性指的是“人”本身的真、善、美等主体价值，而现在大学普遍只重视对工具理性的培养，只重视对知识、数据、逻辑，也就是人之外的物理、业理、原理的培养，当下的地球都在向物质倾斜、向工具理性倾斜，跟鲁迅当时在《文化偏至论》中批判西方文明的重物质和轻精神的现象一样。所以在这种语境里，把《共悟人间》这本重心灵的书列入香港中文大学的书单，对年轻人的价值理性的培养是有帮助的，可以帮助他们找到正确的心灵方向。

2. 您很幸运，对文学、人生的看法和困惑，有这样一位亦师亦友的父亲聆听和建议，同时又有很多文学前辈一路帮助。但对于很多人来讲，可能并不具备这样的条件。您现在是高校教师，可能也像是一个“长者”看见过他们面临的文学、人生困惑。对于他们，您的建议是什么？

我的建议是，请两代人（父辈和子辈）都读一读《两地书写》，首先两代人得有交流，然后才能解惑。

二〇一三年九月十六日

后　记

我的第一本散文集的题目是《狂欢的女神》，第二本散文集的题目定为《彷徨的娜拉》。记得屠格涅夫曾经说过，知识分子基本上有两种类型，一种是堂吉诃德型，一种是哈姆雷特型。《狂欢的女神》似乎倾向于堂吉诃德型。在那本集子里，我描述了一群才华横溢的女性，她们敢于逆潮流而行，敢于挑战，知其不可为而为之，勇敢地追求自己的梦想。在世人眼里，堂吉诃德仿佛只是一个可悲的骑士，然而他代表的精神，他对幻想世界的追求，却是可贵的，是超越世俗世界的。《彷徨的娜拉》则更倾向于哈姆雷特型，直面现实的困境以及人生的种种无奈，体验存在的痛苦和荒谬，探讨当代现实语境下女性的问题和命运。

这两本书的不同倾向也如鲁迅之《呐喊》与《彷徨》。先是有了“狂欢的女神”觉醒后发出的惊世骇俗的“呐喊”，让人看到女性也能发出如“金玉之声”，然后回到当代现实的困境中，通过“彷徨的娜拉”的不同人生选择来思考女性个体与社会的冲突。前者更为“浪漫”，如同革命者和战士，向主流地位的父权文化观念挑战；后者则更为“现实”，把当代女性面对婚姻、事业和男权压迫的矛盾心理展示出来，书写当代现实中女性真实的生存状态和精神状态。

女性常常被“女儿性”“妻性”和“母性”所定义。幸运的是，我有一个如知音一般的父亲，有慈爱的母亲，有青梅竹马、相恋成长的先生，有一双可爱的子女。有了亲人的支持和爱护，我自己在做一个“好女儿”“好妻子”“好母亲”之余，还能有足够的空间追求女性的“自性”，成就自己的文学梦想。可是，我周围的许多女性，有的不如我幸运，为了做“好女儿”“好妻子”和“好母亲”，已经完完全全失去了自我。女性伟大的牺牲精神和贤淑的“妇道”美德固然值得歌颂，但是女性也应该冲破所有这些传统角色的束缚，在人生舞台上放出流光溢彩。在这本书里，我看到商品社会中人的种种异化，看到在物化的社会里，女性空间变得越来越狭小，娜拉无论是出走还是回家，都充满了困境，都没有找到最终的出路。哈姆雷特式的犹豫和彷徨其实折射出当代女性面对不得不承担的社会角色和家庭角色时复杂的心态和困难的抉择。

这本书的文章散见于报纸杂志，后来是我父亲帮我收集起来，并亲自帮我做了目录，才有了现在的书稿。父亲一直都是我中文写作的第一读者，他也很支持我对女性困境的思考。平日里他看我“多肩挑”，又要照顾孩子，又要教书作研究，心疼之余，也总是说“知识女性最值得人敬重”。我的先生黄刚一直很爱我和两个孩子，也很支持我的写作，他也提了不少从“男性”方面思考的意见。我的母亲陈菲亚和妹妹刘莲也常常跟我讨论女性的问题。我的两个聪慧可爱的孩子，宗源和宗玉，更是让我常常思考着母性的永恒内涵。

在此，我要感谢我的表叔叶鸿基，他非常细心地收集父亲和我的所有文章的电子版。我也要郑重地感谢三联的李昕先生和郑勇先生，每次我们在北京见面，他们都不忘跟我约稿，他们的催促成就了这本散文集。这本书也要感谢责编苏毅，她对女性问题也非常关注，跟我有许多共同话语。

二〇一四年八月

图书在版编目（CIP）数据

彷徨的娜拉／刘剑梅著．—北京：生活书店出版有限公司，2015.6
ISBN 978－7－80768－068－0

Ⅰ．①彷…　Ⅱ．①刘…　Ⅲ．①散文集－中国－当代
Ⅳ．①I267

中国版本图书馆 CIP 数据核字（2014）第 279402 号

责任编辑　苏　毅
装帧设计　罗　洪
责任印制　常宁强
出版发行　生活書店出版有限公司
　　　　　（北京市东城区美术馆东街 22 号）
邮　　编　100010
经　　销　新华书店
印　　刷　北京隆昌伟业印刷有限公司
版　　次　2015 年 6 月北京第 1 版
　　　　　2015 年 6 月北京第 1 次印刷
开　　本　850 毫米 × 1168 毫米　1/32　印张 7
字　　数　124 千字
印　　数　0,001–6,000 册
定　　价　32.00 元
（印装查询：010-64002717；邮购查询：010-84010542）